童年的回忆

给 十一妹秀芳

童年的回忆

张五常 ———— 著

中信出版集团 | 北京

图书在版编目（CIP）数据

童年的回忆 / 张五常著 . -- 北京：中信出版社，
2021.2
　　ISBN 978-7-5217-2450-9

　　Ⅰ . ①童… Ⅱ . ①张… Ⅲ . ①回忆录—中国—当代
Ⅳ . ① I251

中国版本图书馆 CIP 数据核字（2020）第 223578 号

香港花千树出版有限公司授权出版中文简体字版，
只限在中国大陆地区（不包括香港、澳门及台湾）发行销售。

童年的回忆

著　　者：张五常
出版发行：中信出版集团股份有限公司
　　　　　（北京市朝阳区惠新东街甲 4 号富盛大厦 2 座　邮编　100029）
承　印　者：北京盛通印刷股份有限公司

开　　本：880mm×1230mm　1/32　　印　张：5.25　　字　数：90 千字
版　　次：2021 年 2 月第 1 版　　　　印　次：2021 年 2 月第 1 次印刷
书　　号：ISBN 978-7-5217-2450-9
定　　价：58.00 元

版权所有·侵权必究
如有印刷、装订问题，本公司负责调换。
服务热线：400-600-8099
投稿邮箱：author@citicpub.com

目录

前言 9

回忆十二篇

一、童年的回忆 13

二、儿时的短暂温馨 19

三、香港沦陷的日子 27

四、逃难的热闹与哀伤 31

五、桂林大疏散 37

六、那沙是贫穷的桃花源——兼论种植定律 43

七、饥荒的日子 49

八、战乱后的安排 59

九、中国当年的恶性通胀 65

十、欧阳先生与《娄寿碑》 73

十一、想象力是培养出来的 81

十二、结果与传世的追求 89

附录十二篇

1. 雄军尽墨话当年——忆容国团 99
2. 光的故事 107
3. 佛山文昌沙的华英经验 115
4. 我的父亲 119
5. 太宁街的往事 127
6. 钓鱼乐 133
7. 子欲养而亲不在 137
8. 儿童的玩意 141
9. 风雨时代的钞票 145
10. 哥哥五伦 151
11. 圣诞前夕有感 155
12. 逃学的回忆 159

前言

无数的朋友要求我写自己的传记，但我老是提不起兴趣写。然而，思往事，我写过好些片段的回忆。

这本书是缘于一幅香港西湾河的破落山头的旧照片，我按这照片写了一些片段的回忆给几位朋友看，他们认为有趣，希望我能多说一下自己的童年。这样动笔写了三几篇，要求继续写下去的朋友愈来愈多，我终于写出了十二篇。这样，加上多年来我写过的关于童年的往事——也是十二篇——就成为合共二十四篇、题为《童年的回忆》的书了。

每个人都有自己的有趣已往。我这一辈的老人家比较特别，因为我们经历过战乱与饥荒的日子，死不掉总有些奇异的回忆可说。但像我这个小学被逐出校门、初中又被逐出校门，但终于还能在西方大学的一门学问上杀出重围的，可能不多见。

我希望这本书的面市，会给读书不成或因为家贫在年幼时没有机会求学的小朋友们一点鼓励。

张五常

二〇二〇年四月二十七日

回忆十二篇

一、童年的回忆
二〇二〇年二月二十四日

　　不久前看到一帧这里附上的图片,是一九六七年摄的香港西湾河成安街对上的山头,称成安村。我是在图中一带长大的。二战后,除了一九四五至四八我到佛山华英中学的附小混了几年,到我离港赴北美碰运气的一九五七,大部分的时间我是住在

照片由高添强先生提供

这成安村再向上走一点的澳背龙村。当时那里的房子远没有图中见到的那么密集。

图中见到的路大约建于一九五二，当年我是走惯了的，也有石阶可以拾级而上。我少年时的好友容国团当年是住在这屋村东行约一公里的地方，依稀记得名为南安坊。一九五二年我认识他，一九五四年我跟他差不多日夕与共。他是没有钱读书，要打工；我是没有学校收容——一九五四年被逐出位于铜锣湾的皇仁书院。算是初一，我两次不能升级，要离校，同学们说是因为一个姓梁的作文老师不喜欢我——他们说没有见过作文只差一分不及格的。那是"主要"科，不及格升级免问。

一九五七年七月三十一日我离港到加拿大碰运气，要坐船十八天。是商业之行。到了多伦多，只几天解决了那里的出口商要处理的事，就决定留在北美读书。在加拿大没有正规的大学收容，只能在那里自修英语。我以超龄的资格进入洛杉矶加州大学时，快二十四岁。那是一九五九年的秋天。十年人事几番新，图中所见的一九六七是我离港十年，运情不错。早一年我在长滩获十八所州立大学的最佳教授奖。六七年初，论文《佃农理论》只写好一章，芝加哥大学给我一个"政治经济学博士后"

奖，要我到芝大去。我对他们说我还没有博士，怎可以接受"博士后"？收到的回应是他们不管我是不是博士，但我一定要去芝加哥一年才可以获该奖金。这样，六个星期后我就把论文写完了。斩瓜切菜，但不少师友认为那是他们见过最好的经济学博士论文。

也是一九六七年初，我在长滩艺术博物馆举行摄影个展，盛况一时，多份报章大事报道，展期延长两次，也有好几家博物馆要请我去展出。考虑了几天，我决定放弃摄影，专研经济学。一九六九年我转到西雅图华盛顿大学做副教授，几个月后他们无端端地升我为正教授。

容国团是个天才，但运情没有我那么好。比我年长一岁的哥哥当年认为他是个音乐天才，但学音乐，弹什么钢琴的，家境欠佳的当年免问。其实阿团什么都是天才。一九五四至五五年间，他和我皆无所事事——我在父亲的商店工作，因为遇上朝鲜战争禁运，上不上班都一样。我们两个于是在街头巷尾到处跑，找其他孩子出气，赌小钱。凡赌乒乓球与踢毽子由他出手，而我则善于下棋（任何孩子玩的棋）与掷毫（即硬币）。桌球阿团也有两手。正规的桌球要付钱，他付不起，但那些穷孩子玩的康乐球他是所向无敌的。还有，虽然没有读过多少书，阿团写得一手好字。

一九五五年的暑期，我在父亲位于永乐街的商店隔壁的一家凉茶店认识了一位名为关大志的摄影天才。他替我买了一部二百港元的旧照相机，教了我半个小时，我就摄得两帧作品入选香港国际摄影沙龙，而且两帧都被刊登在该年的年鉴上，所以兴趣转到摄影那方去。阿团的家境没我那么好，在湾仔修顿球场旁边的一个工会的小图书馆工作。其实没有什么书，但有乒乓球桌一张，他天天在那里独自研究发球。记得一九五七我离港的早上，到该工会找他，他教了我两招发球，也送我他惯用的球拍。该球拍遗失后几年前复得，今天又不见了。如果再出现，我会拿去拍卖，把钱捐出去。

认识阿团之前，我老是喜欢在附图位置再上一点的澳背龙村，到处找其他孩子游玩比赛。最好玩的是锵风筝（以自己的风筝线把他人的线割断），其他有射或捕飞鸟、掷毫、弹玻璃珠子，我无所不精，所向无敌。我也喜欢逃学，独自步行约一个小时到当时一个人也见不到的柴湾去钓鱼。永远是在水退时爬上水不深的巨石，等潮涨，把鱼丝一次又一次地抛出去。根本没有鱼，只是偶尔有很小的上钓，但还是一次又一次地抛，幻想着有大鱼上钓，到夕阳西下才回家。今天我以想象力知名经济学行内，主要是这些孩子玩意训练出来的。

一九五二年，在湾仔书院，班主任叫郭炜民，因为我常常逃学、缺课，其他老师当然会大兴问罪，但郭老师永远迁就我。一次，在大考前，我缺课，郭老师对其他同学说："张五常看来是在家中准备考试了。你们不要学他，因为只他一个可以在一天自修一个学期的功课。"其实那天我也是去了钓鱼。

一九八二年回港任教职后，我有幸能跟郭老师进过两次午膳，感谢他的教诲之恩。去年我的五卷《经济解释》竣工了，急着要送他一套，却得知他在几年前谢世了。

二、儿时的短暂温馨
二〇二〇年二月二十六日

我是在香港西湾河太富街十二号二楼出生的。那时用"接生",用不着到医院去。太富街是太古船坞的房子,是在太古工作的亲戚转租给我母亲的。这些转租或转让或分租,当时很普及,船坞当局不管。太富街又称第四街,因为当时有五条横排向出海面的,一律用红砖建造。太富街的日子,今天我丝毫记忆也没有。

找到一帧出生后三个月母亲抱着我的照片,是在太富街时期拍摄的。附录在这里给同学们看看。那是八十四年前!

男女不论,母亲是我平生认识的最聪明的人。姓苏,名鸿,又名燕琦,广东江门人,苏氏是那里的一个大姓。母亲没有进过学校,但过耳不忘。她在教会听道而能把整本《圣经》读出来。守旧、迷信、讲意头,但也信奉基督教。一九九二年谢世,

母亲与三个月大的我

二、儿时的短暂温馨

享年九十一岁。

我的父亲名张文来,广东惠州人,一九五四年谢世,六十二岁。据说是个养子。约十岁时从惠州到香港做学徒,其实是做些洗碗、扫地等粗活。曾经在街旁卖香烟,也曾经在一个石矿锤石与抬碎石下山,导致他的右肩比左肩低。曾经在香港的湾仔书院念过两三年书,他的中、英二文都写得好,文采斐然。他自学而写的字有书法家的水平。

父亲事业的崛起源于他转到当时香港的天祥洋行做电镀学徒,有了基础的认识,他用中文翻译了一本源自美国的电镀手册。满师后他在永乐街二十号开设文来行,销售从美国进口的电镀原料与抛光用品,也给电镀行业的朋友传授有关的技术。那是远在我出生之前,而文来行这个老字号,今天还在昆山存在。逾百年的老字号稀有,文来行算是过了关。保持文来行是母亲当年的要求。父亲谢世后,香港的电镀行业把他的生日称为"师傅诞"。

我出生的一九三五年,文来行如日方中。母亲为了要父亲多吸新鲜的空气,一九三八年在我前文提到的成安村再上一层的澳背龙村建造一栋以石头及水泥砌成的大房子(见下页图)。我还记得的懂事的第一天是一九三八年的二月,那时我两岁又两

澳背龙村的故居

个多月。记得清楚,因为母亲叫我坐在一张小凳子上,监管着泥水工人,三铲沙要用一铲水泥,不要让工人骗了。是二月,因为记得那棵苦楝树(见图)正在开花。是一九三八年,因为建好的房子上头用浮雕刻着"一九三八"这四个字。我们一家是该年搬到澳背龙村去的。

该村当时算不上是村,没有名字,家中人称之为"山顶"。连我们的家整个山头只有三栋房子,跟着很快就有第四栋了。那是母亲让出近邻的一块地给一位教会的朋友建他的房子。姓吴的,有两个女儿,长女叫"吴姑娘"。我的幼儿班是吴姑娘教的。学生三个:我的哥哥张五伦比我年长十五个

二、儿时的短暂温馨

月，吴姑娘的妹妹叫吴惠玲，比我年长约一岁，我是最小的，约三岁。

吴姑娘的脾气好得出奇，因为我最小，对我万般迁就。记得有一次，吴姑娘要我们三个孩子背书，叫五伦先背。我大哭大闹地反对。吴姑娘于是让我先背。我一句也背不出来。吴姑娘问："你不是要先背吗？"我说："我说要先背，但没有说我懂得背！"我老是赶着下课，因为喜欢爬到自己家外的一棵桑树上摘桑子吃。吴惠玲就是喜欢吃我摘下来的桑子。

求学的灾难出现了。当年小学一年级的入学年龄是五六岁之间。比我年长一岁多的哥哥是个读书奇才，他生于八月，母亲决定让他五岁又一个月读小学一年级。学校的名字是永光小学，在山下的电车路，不远的，但要让保姆背下山。最年小的我怎么办呢？母亲要我跟哥哥一起去读小一。但那时我只有三岁又九个月，太小了。

是的，在近二十四岁进入大学之前，我在中小学读书读得一团糟，其中一个主要原因是读小一时起步太早！伦哥是读书奇才，他刚满五岁读小一可以应付，但我还有三个月才四岁，读小一是太早了。这是为什么后来我终于学有所成时，不少朋友问我孩子求学的事，我永远建议小学起步不要早，最好是比其他同学年长一岁。理由简单。在幼年，年长一岁是长很多，成绩可以容易超于其他同学。这样，有了一个优越感的起步，跟着就来得顺利了。

回头说母亲，她合共生了十一个儿女！第一个是男的，是我的长兄。在一个重男轻女的旧礼教家庭，这位名为张五洲的长兄当然是家中最重要的人物。然而，奇怪地，自父亲一九五四年谢世后，这位长兄逐渐地跟母亲不和。我完全不知道发生了些什么事，因为一九五七年我离港赴北美，一九五九读本科，求学超龄六岁，需要的拼搏和集中难为外人道。一九八二年我回港任教职，其中一个原因是母亲老了，见她独居，我要回港照顾她。

长子之后，母亲跟着连生了六个女儿，其中一个夭折，所以我出生时有五个姊姊。第八就是伦哥，当然是母亲最宠爱的了。伦哥这个人的确是值得爱，我历来不想写他，因为这个音乐天才、绘画天才、读书天才、文字天才，一九五八年在美国患上精神分裂症，一九六七年初在香港自杀了。当时我在美国，想着母亲的伤心我连问也不敢问。在我之后母亲还再生了两个女儿，第十的名秀贞，读书也了不起,可惜一九四七年因为脑膜炎病逝。第十一的名秀芳,又称"张十一",曾经是香港一家医院的头头,今天还健在。

  总的来说,年幼时在澳背龙村的日子是美好的。家境好,我和伦哥各有各的保姆。我的保姆叫群姐,晚上喜欢伴着我在户外看天星,说什么牛郎织女、嫦娥奔月及其他我长大后才知道是群姐自己想象或编造出来的故事。然而,好景不常,在我六岁生日过后几天,这些温馨的日子终结了。

三、香港沦陷的日子
二〇二〇年二月二十八日

一九四一年十二月一日是我六岁的生日。过了几天的十二月八日的早上,我和哥哥五伦刚穿好校服,正准备到山下的永光小学上课,却听到炮声隆隆。起初以为是军事演习,但收音机说是日军的飞机正在轰炸位于九龙沿海的启德机场。我们住在西湾河的山上可说是"近水楼台",看到日机一架一架地飞到启德那方去。

不用上课了。我不知道伦哥怎样想,但我最讨厌上课,很高兴。这高兴不到半天,因为被母亲关进屋内,不能再爬到桑树上去。

是一个疯狂的时代。我们在收音机很快就知道,在同一天,日军的飞机也轰炸了夏威夷的珍珠港。香港的有关当局早就知道日本有攻打香港这个可能,驻港的英军早就频频准备。在空袭珍珠港约前半年,在香港,高射炮的演习差不多天天有,而在夜间那些照到天上去的探射灯扫来扫去，热闹，我的保姆群姐喜欢伴着我在家门外的地堂抬头看。

事实上，日本侵华的行为我三岁时就常听父母说，而在一九三七的卢沟桥事件之后约两年多，母亲就开始大事准备了。当时我的大哥拥有今天的同学们可能不知道的"留声机"，即是可以播放唱片的。最常听到的是《义勇军进行曲》，没有谁想到这首歌后来成了中国的国歌。大家最爱听的是郎毓秀唱的救国歌。很遗憾没有机会认识这位知名神州的女歌唱家。她的父亲郎静山是个摄影奇才，约三十年前在香港的一个摄影家的聚会中，在他讲话前我介绍过他。

同学们不要相信历史的记载，说日军攻占香港用了两个月。其实他们只用了"三日三夜"——这是香港的老人家都会记得的典故。母亲事前做了的准备，主要是储存粮食——米、油、盐，加上大量的花生麸。后者是一块一块的，像加大了的西樵大饼，堆满曾经用作养猪的房子。为什么要储存花生麸呢？母亲的解释是既可充饥，其中也有少许的花生油。据说后来母亲带着七个孩子逃难到广西后，父亲把这些大量储存着的粮食分派给邻居，救了好些人。母亲也收藏了好些小金块、金币，推算着纸

三、香港沦陷的日子

钞可能不值钱。

尽管英国上头早就为香港的防守做了准备，但只三日三夜就失守，今天回顾，是因为欧洲有意大利及德国的军事威胁，英国自身恐怕难保。守护香港的英军不少是印度人，不是好战的民族。日军登陆香港可能有好几处，从我们的家可以见到的是从鲤鱼门上岸登山，在山腰走好一段路才下山去。

日军残忍无道，杀人如麻，而我们家中养着的狗动不动就把什么人的手或脚叼回家。盟军的飞机偶尔也飞来炸日军。其实是帮倒忙。有名的是地毯式地炸湾仔一带，杀的尽是香港的居民。

香港人当时给日本仔起的别号是"萝卜头"。后者当然需要香港本土的人协助他们的日常生活，而凡是协助"萝卜头"的都被称为汉奸。有价格管制，也有粮票，但那所谓黑市不怎么黑。排队轮购的现象常见，也有不少感人的故事。

我最记得如下的一个真实故事。在我前文提及的太富街十二号二楼，我家迁出后让一些亲戚住。那里有一个三岁大的小孩子，因为饿得要命，在深夜大家熟睡之际，爬起床来，偷家中的米自己煮饭吃。三岁懂得煮饭，比我聪明多了。

排队轮购的故事，粮票的故事，搞关系的故事，黑市、灰市的故事，当年我天天受教，加上香港战前与战后的租金管制的故事，给我提供了足够的资料，让我在一九七四年发表了那篇题为《价格管制理论》的文章。这篇文章会历久传世。

说到在市场流通的钞票，日军当然强迫香港人用他们发行的"军票"。印制军票的成本近于零，如果不强迫他们侵占的地方使用，他们怎会有那么多钱打仗呢？

然而，虽然名义上是禁用，但港钞还在市场流通，贬了值当然无可避免。贬值最厉害的，是五百元面值的钞票，因为找赎困难，市场一般不接受。我的母亲就用面额小的，或用日本的军票，去购买这些贬了不少的五百元面值的港钞，大张的，放进一个黑色的小铁箱内，在家旁的园地挖一个洞，把小铁箱埋藏在土下。

二战后，母亲向我解释说，她当时就是不相信日本可以占领整个中国，如果有朝一日英国再回头治港，他们不会不接受五百元面值的港钞。

这就是我的母亲。

四、逃难的热闹与哀伤
二〇二〇年三月一日

香港一九四一年十二月沦陷后不久，要逃难到内地去是普遍的考虑。但要逃到哪里，怎样逃，不是容易的选择。报章的言论有对有不对，而过了不久友侪间大都懂得怎样判断报道的可靠性。例如内地的报章的标题说"我军转移有利阵地"，大家都知道"我军"是在败退。什么电话、电报都困难，"马上相逢无纸笔，凭君传语报平安"是当时最可靠而又最迅速的消息传达方式。

要逃到内地去当然也是我们家的即时考虑。但家中的子女与亲戚那么多，加上香港的物业与父亲的生意，要怎样处理，大费思量。父亲的生意当然要关门，但存货不能不管，而员工要怎样处理或安置都是问题。

我记得父母的一项重要考虑，是不要把所有鸡蛋放进一个篮子内。逃难因而要分散，不要让所有的家属一起死掉。父母跟着决定的安排如下：父亲留在香港；排第七与第十的女儿留在香港陪伴父亲；我的长兄当时已经结了婚，跟大嫂也留在香港，处理需要奔跑的工作。

向内地逃，父母的约定是兵分两路，其中的一个困难是父母皆认为不要让子女们荒废学业，逃到哪里都要有学校收容。这基本上是一个无从处理的棋局，但后来毕竟是尝试了。

母亲自己带着三个年纪最幼的：大我一岁多的五伦、我和小我三岁的秀芳。其他的二姊、三姊、四姊、五姊这四位跟母亲在内地聚散不常。换言之，母亲是带着七个孩子到内地逃难，从一九四二年八月动身到一九四五年八月回归，刚好三年，竟然没有一个死掉，亲友们都说是奇迹。没有死，但我和妹妹秀芳差不多死掉。

四个姊姊怎样逃我一时知道一时不知道。但我们三个跟着母亲的，怎样逃我还记得清楚。是非常古怪的行程，因为日军在内地行踪无定，而亲友可以在哪里帮忙一下，也变化无定。我清楚地记得离开香港的第一程是乘船到澳门，跟着是水陆并用地到了广东的惠州。那是父亲的故乡，他的亲属也是我们的亲属，招待了我们一天。跟着是直走北上，到曲江，当时又称韶关。这是非常奇怪的事，因为我们认识的逃难朋友，差不多一律都先走曲江。

我清楚地记得曲江，因为我们三个孩子都生了病，住在那里的河西医院。十多年前我刻意地到曲江一行，问那里的人有没有河西医院这回事。他们说有，但早就拆掉再重建，转到另一个地点。当年我住过的河西医院在江边，今天的不是。

跟着是从曲江西走到桂林。那应该是一九四二年的九月。该年十月十日的国庆我是在那里过的。不容易见到国庆那么热闹。母亲当时在桂林租了一栋两层的小房子，国庆那天晚上，我在二楼向下看，街上挤满了人，灯笼无数，爆竹之声不绝于耳。听说不少是来自香港的逃难者。

过了不久，我的四个姊姊也到桂林跟我们相聚，住在一起。这时母亲决定做一件怪事。你道是什么？她把房子的地面那层做店子，卖豆腐花！好生意，因为顾客大都是来自香港的逃难者。这店子的名字是"豆精专家"，请了一位书法家朋友题字，而姊姊们的"香港相"一望而知，所以逃难的顾客多。问题是逃难客的行踪飘忽似云，不出半年店子就关门了。

第二、三、四这三个姊姊留在桂林读书，进入了那里的广西桂林医学院。战乱如斯，当然不可能读完，只望读得多少就读多少。母亲带着我的五姊和我们三个小的转到柳州。那是一九四三年，我七岁。在柳州我们住在沙街。有几件我还记得清楚的事不妨说给同学们听听。

其一是我家有一个亲戚叫琴姨，也逃难到柳州来，在我们沙街的家暂住。柳州以盛产木材知名，大树被砍下后，其搬运是浮在江上，顺江下流。离我们沙街不远处的一个地方，江上浮着无数被砍下来的树干。琴姨穷，天天走到浮在水面的树干上，把开始脱离的树皮一块一块地剥下来，然后扎好，拿给收购树皮的人换一小点钱。有好些人跟着琴姨那样在剥树皮，有时我也去帮琴姨多剥一些。

其二是当时自己的肚子吃不饱，见到邻近有一家刻石章的店子，母亲不管时我去帮该店的穷老板清洁一下地方，换得几角钱。是从那时起我对石章用的石料有兴趣，四十年后开始动用母亲的基金收藏寿山石。约两年前北京的中信出版社为我出版了一本题为《清宫田黄方印录》的书。

其三是我和哥哥五伦进了柳州中正中学的附小，频频跟那些广西仔打架。不是我要打，而是我的哥哥沉默寡言，怕事，广西仔老是要欺负他。我知道母亲最爱伦哥,替他出手。当时我是说得一口流利的广西话的,今天全部忘记了。

其四是悲剧。我的母亲不知道逃难会逃多久,而没有一个孩子可以赚钱,身上带着的钞票不一定可用,而金饰一般不敢示人。这样,一切都要尽量节省了。我当时的感受,是母亲认为她带着的三个孩子不可能都活下来!只选一个活着应该选伦哥。

我的双脚开始腐烂。其过程永远是一样的:先在皮下的肉生出一小白点,过了几天破裂,流出一些液体,跟着是一个约一公分直径的伤口,几个星期后这伤口会愈合,留下一个疤痕。过不了几天另一个小白点又出现了。七十多年后的今天,我的双脚还满是疤痕。这些因为营养不足而出现的皮肉腐烂当时很普遍,而不少人知道,再坏下去是整个人会呈现肿状,肤色会变黄,成了绝症。可幸我没有达到黄、肿之境。

一九六八年我在芝加哥大学,认识那里的教授兹维·格里利克斯(Zvi Griliches)——此君后来转到哈佛,再后来成为哈佛的经济系主任。一次跟他聊天,说到在广西逃难时的饥荒日子,我展示自己满是疤痕的两腿给他看。他也立刻展示自己的两腿,竟然也满是同样疤痕。此君是犹太人,年少时在德军的集中营待过好些时日。可幸他的脑子跟我的一样，没有因为营养不足变得愚蠢了。

  我在这里说起这些不好说的往事，是要同学们知道两点。其一是战争只宜于作为富有的人的玩意。其二是如果真的要学有所成，金钱不可以没有，但不是那么重要。

五、桂林大疏散
二〇二〇年三月二日

一九四三年进入柳州的中正附小，不是按孩子的年岁与学历来议定班级，而是哪一级有位就放进哪一级。没有入学试那回事。我和伦哥一起进入该校的小四。没有固定的老师，因为大家都在逃难。小同学们也一样，只是死去的多。我曾经写过一个变得黄、肿的女孩子，问我她是不是快要死了，我说是。她再问她做错了什么事，我无法回答。这经历解释了为什么长大后，在回忆中，除了三岁时在香港山头认识的吴惠玲，我数不出儿时有其他的小朋友。

大概是一九四四年初，母亲把我从柳州送到桂林位于山麓下的真光中学的附小，读小六。那时我八岁。五姊秀桃、伦哥与妹妹秀芳则留在柳州跟母亲在一起。

两个原因母亲这样选择。其一是我有三个姊姊在广西桂林医学院。其二是真光是名校。应该源自广州，逃难到桂林，二战后转到香港成为那里有名的真光女子中学。又是哪级有位就进入哪级。我依稀记得是小六，那时我八岁。寄宿，三位姊姊总有一两位每星期来看我一次。食有定时，腿上腐烂的频密度是下降了。

当年我们不明白，为什么日本仔对桂林那么有兴趣，频频轰炸。今天看资料，才知道他们要打通到越南的路，方便输送物资。真是发神经，他们就是要到处打。

史书有载的桂林大疏散开始了。我那三位在桂林医学院的姊姊先走，其中二姊秀英转到贵州的贵阳医学院继续她的学业，二战后成为医生，今天九十八岁，还健在。其他两位去了哪里我不知道，只是后来在桂平见到她们。她们比我先离开桂林，别时到真光找我，叫我千万不要乱跑，说不久后有一位我认识的名为"林哥"的会来带我到柳州会母亲。

待在真光，同学的人数一天比一天少，林哥始终没有出现。一天我早上起来，整个校园一个人也没有。我知道不能坐以待毙，到校中的厨房容易地找到东西吃，然后步行到不是很远的火车站，碰碰运气。沿路一个人也见不到，但到了火车站却见人山人海。是最后的一班火车。听说是向柳州那方行。今天查资料，确实是有那么一班车。那是一九四四年九月十四日。

是难忘的景象。我走进人堆，见到一个女人苦苦地哀求一个男人带她走。我年小，没有谁注意，就爬上已经坐满了人的火车顶上。到柳州用了好几个小时，但只停了一会，下车只有三几个人，我是其中一个。火车继续前行了。

原来柳州也在摆空城计。我容易地找到位于沙街的家，进门见到母亲，她只是坐着，流下泪来。那是我第一次见到坚强的母亲流泪。问她发生了什么事，她说伦哥与秀芳妹都在生病，而自己不够钱再走。但她又说，屋后的小房子还养着一头猪，大的，不知还有没有人要买猪肉。

我二话不说，从厨房找到一把菜刀，到屋后把猪宰了。前文写过一个三岁的小孩子，懂得在深夜偷米煮饭吃。杀猪时我八岁又九个多月了。

母亲和五姊把猪剖开两半，在街上找到一辆木板车，有两个轮子的，连我在内，三个人把猪推到江边的市场去，希望有顾客。到处空无一人，江边的市场也如是。天气酷热，苍蝇布满猪身，见蝇不见肉。坚强的母亲又再流泪了！

正彷徨无计，却见江上有近百艘渔艇涌到该市场购买粮食，显然也是为了逃难之需。他们见到只有我们一家，只卖猪肉，当然要抢购。母亲卖得好价，不到半个小时整头猪卖光了。

母亲果断，跟其中一艘渔艇议价，回家收拾一下，一家五口立刻走。母亲的目的地是哪里呢？是平南。母亲要先找的是一位我们孩子要叫"吕舅"的人。

要到平南，从柳州水路南下，只可以到桂平，那太平天国洪秀全起义的地方。从柳州起步，我们租的小渔艇只走一小程，跟着换可坐数十人的大船，继续水路走。是在转换大船的过程中，母亲对我说的一些话，后来影响了西方整个新制度经济学的发展！

大船要雇用十多个纤夫，在岸上用绳子拉着船行，也有一个拿着鞭子的人监管他们要用力拉。母亲有参与雇用这些苦力的议价。船行后，母亲对我说："阿常，你猜得中吗？那个拿着鞭子的人是那些要被鞭的纤夫联手聘用的！"

一九六九年，在西雅图，我把这个纤夫与鞭子

五、桂林大疏散

监管的故事告诉了来自多伦多大学的约翰·麦克马纳斯（John McManus）。此君把该例写进一篇文章内，提到例子源于我。跟着梅克林（W. Meckling）与詹森（M. Jensen）发表了一篇大名文章，提到该例，再跟着一位澳洲教授又再提，竟然把我的名字放在文章的标题上。一九七二年，阿尔钦与德姆塞茨在《美国经济学报》发表了那篇后来被引用最多的文章，以卸责（shirking）为主题，也是源于这纤夫卸责会受鞭的思维。在注脚中他们提到我。但究竟那持鞭者是否由纤夫雇用，则有待考证。我说过了，母亲是我平生遇到过的最聪明的人。这里要说的是她喜欢编造故事给我听。

船到桂平就要转到地上走。到了桂平，可喜的是见到第三与第四这两个姊姊。第二的去了贵阳，三、四出现，母亲带着五、八、九、十一，子女共七人，全部活着。

记得在桂平，是一九四四年的十月中左右，参访一所学校，遇到他们有校庆之会，有表演的。知道我们来自香港，校长要求我们上台表演一个节目。怎么办呢？第三的姊姊想出一个主意：我们不懂得唱，要唱他们听不懂的。母亲不唱，不是圣诞，我们六人唱一首英文圣诞歌：*Hark! The*

Herald Angels Sing。这里执笔回顾，历历若前日事。

六、那沙是贫穷的桃花源——
兼论种植定律

二〇二〇年三月四日

从广西桂平金田镇到平南县,今天的地图说相隔三十多公里。走陆路,怎样走我不记得了。凭记忆写童年的往事,我总要想到一些比较特别或有趣的琐事,然后前后连接起来。没有一些琐事就变得一片空白,无从下笔。是奇怪的脑子运作,只要有明确的两件琐事,其间的细节会一点一点地浮现出来。

当年没有任何交通工具,三十多公里要走一整天。到了平南,住在一个远亲的家,房子大的,逗留了约一个星期。记得这个地方,因为在该房子外的草地上,我被一匹马的后腿踢了一脚,没有受伤,但奇怪马的后腿可以把我踢离地面我才掉下来。

当时我们一家要去的目的地是一个名为"那沙"的小村落,今天竟然可在地图找到,离平南二十三公里。要走的是荒山野岭的小径，走了十个小时。我们三个年幼的要坐在篮子内让人挑着走。到了那沙我们住在一栋据说曾经是牛房的小屋。今天回顾应该不是牛房，因为那里有阁楼，而我是睡在阁楼中。

那沙是一个小村落，只有十多户人家。很穷，听说那里的人整生只可吃三次白米饭：小孩满月、结婚、长辈谢世。没有一个识字，但因为有土匪，枪支却是有的。据说日本仔也偶尔在邻近出现，我们没有见过，但后来我想，那时日本侵华近尾声，走散了的日军在农村到处劫掠糊口，不奇怪。

那沙的村中人对外间的事知得很少。他们没有听过火车、汽车这些交通工具。在我们抵达之前纸张也没有。钞票他们是有的，因为每十五天他们会带农产品到一个集中的市场出售，称趁墟。村民之间的交易一般以鸡蛋的只数算价。

这些贫苦人家的主要粮食，是木薯。其实是一种树根，有毒的，要泡在小溪中几个星期才可以吃。有牛，有家禽，而多种农植井然有序，但这些产品他们要拿到市场去。

风景优美：小溪，山坡，高高低低的田地，活像一幅一幅的图画。有黄牛与水牛，家禽不少。如

六、那沙是贫穷的桃花源

果有人偷这些东西,可能是死罪。从表面看,那沙这个小村落的确像陶渊明先生笔下的桃花源:"屋舍俨然,有良田、美池、桑、竹之属。阡陌交通,鸡犬相闻。其中往来种作,男女衣着,悉如外人。"也奇怪,除了要防土匪,那里的村民对外间一无所知,正如渊明先生说的,"不知有汉,无论魏晋"。

那沙有个村长,也有一些长者处理村民之间的纠纷。离那沙郊区不远处有另一个村,界限分明,其管治与农作跟那沙差不多,但奇怪地,两个村相隔那么近,村民的口音不同。姓氏有别,很可能是中国文化故老相传的各有各的"三家村"发展起来的。

这里的一个重点,是这两个村的存在有很久的历史,可见于二村各有各的口音。他们对外间的世事近于一无所知,而如果没有抗日战争带来的波动与土匪的增加,他们知得更少。从一九四四年十月底到一九四五年八月离开,我们在那沙住了约十个月。

这就带到多年后我想到的关于经济学的两个话题。其一是我的深交巴泽尔(Yoram Barzel)曾经出版过一本题为《国家理论》(*A Theory of the State*)的书,其中给"国家"的定义与必需的条件——即是要有什么的条件才算是国家,我在自己的《经济解释》的第五卷中,直指其非。理由是巴兄给国家下的定义,那沙那个小村落全部吻合。但那沙怎样也不能称为国家。当然,一个人可以在一个小岛上自封为国,但有什么意思呢?我因而在《经济解释》中,指出国家之所以为国,要历史书籍说是国家才算。

第二项经济学者的失误更为严重。那是一九六七年我的好友德姆塞茨(Harold Demsetz)在《美国经济学报》发表的那篇大名文章,题为"Toward a Theory of Property Rights",解释私人财产为什么会出现。他引经据典,写得逻辑井然,其大意是说,界定私人财产的交易费用低于这界定带来的经济利益,私人财产会出现。当然对,但那只不过是套套逻辑,说了等于没有说。

经济学者老是喜欢自己骗自己,骗了多年,骗过无数次!

那沙这个小村落给我对私产出现的启发,是简单清楚而又明确的。这是:如果土地不是私产或没有某程度的使用权利的界定,种植不可能成事!房子的建造如是,某些家禽的饲养也如是。羊群、牛群的饲养,需要广大的草原,在某些情况下用不着

六、那沙是贫穷的桃花源

清楚的土地权利界定。

上述的土地界定使用权利的发展,可能始于中国。这是因为种植这项活动,在中国的历史起码有几千年。回顾人类历史,在西方,种植应该比中国迟很多。欧洲出现的十字军东征还不到一千年,历史有载劫掠,但没有提到稻谷等。种植一般要植着不动,土地不可以没有权利界定的协助。侠盗罗宾汉的故事当然是虚构,但完全没有提到种植这回事。陶渊明笔下的桃花源也是虚构,但提到的良田、美池一定有权利界定。那是晋太元(公元376-396年)中。我自己不是专家的考察,中国在上古时期的竹简,不少是合约,有涉及土地的租用。租地来做什么呢?当然是种植了。事实上,不管有没有种植,土地凡有租约一定有权利界定。

所以我认为在土地种植是人类的伟大发明,是不是中国首先这样处理我不知道。在欧洲,因为种植而出现的土地使用的权利界定应该始于英国。这是在斯密的《国富论》其中分析土地的使用权利那一章看到的。

结语：重要的种植定律

凡有种植，必有土地的权利界定。这又是一个张氏定律——我称为种植定律——可以验证，因而有解释力与推断功能。德姆塞茨提出的关于产权成因的理论，文字写得漂亮，其实是套套逻辑，空空如也。那大名鼎鼎的科斯定律虽然名不虚传，但科斯假设交易费用为零是大错，因为没有交易费用不会有市场。另一方面，科斯提出该定律的一九六〇年的鸿文有一个严重的疏忽：他在该文中没有提到奈特！奈特在他一九二四年发表的鸿文中，提出同样的定律，比科斯早三十六年。科斯不可能不知道奈特的大文比他先说同样的话，因为一九三一年他从英国跑到芝加哥大学去，旁听奈特的课。

这里提出的种植定律重要，因为种植不仅带出土地使用的权利界定，跟着也带到房子与家禽需要使用的土地的权利界定，又因为管治的需要，我们可以推出从为家到为村、为镇、为市，以至为国的程序。"溥天之下，莫非王土；率土之滨，莫非王臣"——这句《诗经》说的话，可不是凭空想象的。

七、饥荒的日子
二〇二〇年三月六日

回头说广西那沙那个小村落，一九四四年十月母亲带着去的六个子女中，比较年长的有我的三姊秀梅、四姊秀兰、五姊秀桃。年幼的有排行第八当时十岁的五伦、差两个月才到九岁的我与三岁多的秀芳。还有五个我们事前不认识的成年男子汉，不知通过什么渠道，比我们稍迟来到那沙。这些汉子来时互不认识，显然是独行侠，在那沙他们当然成为朋友。离开那沙时，他们各顾各地走。

当年在那沙，我的三个姊姊比较年长，可以处理家务，而更重要的是她们懂得为那里的村民修补衣裳，赚取一些鸡蛋等小食。三个年幼的怎么办呢？大家都知道伦哥重要，会让他先吃，而妹妹秀芳和我，母亲在柳州时曾听一位医生朋友说能活下来的机会不大，于是索性让我背着三岁多的秀芳，在荒野觅食。

九个月大的十一妹秀芳，还不知饥荒的将至

七、饥荒的日子

秀芳易养，在荒野中我找到些什么可吃的，塞进她的口中她一律吞下去。这个当年医生朋友说不容易生存的妹妹，就是这样活下来，活到今天！当时秀芳和我都很瘦，基本上没有多少肉。我背着秀芳到处走，轻若无物。偷农民种的番薯，行动要快，而我的本领是看着薯苗，可以判断哪一根的土下会有上选的。某些草蜢可吃，但要生火烤熟了才吃。当年我自己想出来的、在山间煨番薯的本领，可能无敌天下。

神奇的是我发现在溪水中可以用手捉到大虾，近一两一只的。那是在浅而清澈的溪中行，细看水下圆滑的约两掌大的石块，有虾在其下会有一小点须或爪露出来。小心地慢慢拿开石块，虾不动，从虾后捕捉就是。我这项发明姊姊们知道了，她们兴高采烈地跟着我去捉。很可惜，过了不久这秘密泄露了，那沙的村民不到几天就把溪中的虾捉个清光。长大后我想不通，为什么那沙的人在我之前不知道溪中有虾可捉？

赤着双脚到处跑，我对中国农民的操作知得多。好比种稻谷，从下种到插秧到收成到化为红米或白米的过程，我知道真的是粒粒皆辛苦。各类瓜菜的种植，果树的处理，轮植的方法——这些琐事我天天见到。替人家放牛换取一小点零食，村民只让我放黄牛。当时我羡慕能放水牛的其他孩子，因为放水牛可以坐在牛背上。

二十二年后，在那沙所见的给我一项很大的回报。这是在验证自己的博士论文《佃农理论》时，我用着台湾与亚洲其他地区的农植数字，不同农作物的，写出同学们今天可以读到的第八章。一九六七年在洛杉矶加大，老师阿尔钦把该章捧到天上去，而后来科斯读到，直言经济学的实证研究，我的《佃农理论》不能被超越。是的，在芝加哥大学，后来作为林毅夫导师的盖尔·约翰逊（D. Gale Johnson），读到该章后邀请我在该校教了一科农业经济学。

这就带到同学们要注意的一件事。我在《佃农理论》中能清晰地解通中国农业运作的密码，是因为对着那些密密麻麻的资料数据时，在我的脑海中，年幼时在那沙见到的农作景象一幅一幅地浮现。这也解释了为什么多年以来，我不认同经济学者频频用回归统计来分析数据，因为我认为他们基本上不知道有关的行业或市场究竟是怎样运作的。另一方面，如果从事研究的人清楚地知道一个行业的真实运作情况，要解释或推断，回归统计这个法

七、饥荒的日子

门的用场不大。我自己的经验是，只有一次，分析石油工业的数据，回归统计给我提供可喜的协助。

回头说那沙的日子，饥荒归饥荒，染上了疟疾是更大的苦，但奇怪地也有意料不到的收获。那是我到了那沙约五个月后染上的。疟疾是一种奇怪的病，每天会准时发冷，颤抖一个多小时，会散去，但过一天会准时再来。我的疾发时间是下午四时。当时大家都知道，治此疾的唯一药物，是金鸡纳。但那沙没有这种药，怎么办呢？母亲想尽办法，其中一法，是她知道金鸡纳是很苦的，就让我天天喝用苦瓜煮出来的水。当然无效。

母亲又听人说，如果在发冷颤抖之前，染此疾者能分心去做其他事，错过了颤抖的时间，疟疾会一去不返。听来是无稽之谈，但却真的有效。染该疾约三个月后，一天我刚好在疾发之前跟一个小孩子打架，此疾竟然一去不返。

在跟孩子打架之前的两个月，母亲每天在下午四时之前叫我离家，在荒野到处跑，希望可以让颤抖忘记再来。不灵光，而每天在下午四时颤抖后，还没有到回家的时刻，我独自呆坐于荒野，或山间，或溪旁，到夕阳西下才回家。在这些无所事事的夕阳黄昏，我细看阳光在溪水与各种树叶、草叶上的变化。后来一九六四年在美国洛杉矶加大，因为苦闷于选择论文的题材，每天下午拿着照相机静坐于加大邻近的一个小园林中，那沙见到的光再在脑子中浮现，拍摄出来的那组作品，在加大与长滩艺术博物馆展出，获得大反响——某报的艺术版的头条只用一个"光"字！

写过的，这里再说，是因为我正在整理一本题为《诗影流光录》的摄影集，放进去的作品多达三百七十帧，打算在中信出版。有机会同学们要找这本厚厚的书看看，体会一下以光作画是怎么样的一回事。

回头说我在前文提到那五位汉子，也逃难到那沙村去的，其中一位是中学的国文老师。他带着几本古文与诗词的书。这位国文老师喜欢叫我替他在白天拾取树枝，晚上烧火，让他在火光中读中国的诗、词与古文。不是朗诵，但悠然自得地读出声来。我在旁听着，因为承受了母亲过耳不忘的本领，因而可以背得出的古文与诗词无数。但我只是懂得背，不懂得认字或写。很多年后的一九八二年，我回港任教职后，香港新华社的一位曾经是我在佛山念书时的师姐要求我多写关于中国经济的文章，我初试下笔时的错字太多，聘请了年幼时在香

七、饥荒的日子

港认识的诗文名家舒巷城替我修改,一时间香港的好事之徒哗然。

严格来说,我在学校学得的中文是小学生水平,但因为母亲的遗传,在那沙时过耳不忘,记得多,什么平仄音韵,四六文体,长短句法——这些方面今天的中文老师不容易比得过我。此乃那沙拾取树枝的回报了。舒巷城几番说,套用古人的词或句,没有谁可以套得比我更自然!

到了那沙约八个月后,一天深夜,大家熟睡之际,有几个贼子到我们看似牛房的小房子打劫,抢去的多是衣物,不严重。那沙的村长被惊动了,拿着长枪在我家门前向天鸣放。这件事之后,母亲收到的消息是盗贼还要再来光顾,而另一项传闻是日军快要败走。迹象明显:前文提到的逃难到那沙的五名汉子,开始有两三位离开。

为恐盗贼再光临,母亲设法派人到平南县求救。大约是一九四五年的八月初,母亲叫我的四姊秀兰去平南的县政府求救。今天还健在的四姊也真的了不起,因为战乱而荒废了求学四年,她后来还可在香港大学的医学院毕业,成为医生。秀兰姊当时约十八岁。母亲选她去是因为这位姊姊曾经在香港的一所英语名校的初中毕了业,遇到西方人士她可应对一下。她找到平南县的县长，告以实情，该县长立刻派两个持着枪的人到那沙护卫我们离开。到了平南县，我们听到美国在日本某岛放下了原子弹，日本迅速地投降了。我今天的估计，回到平南是一九四五年八月二十日。

后记

那沙的日子，对我日后生活的取向与学问的进取有深远的影响，好比长大后我喜欢田园与果树。在美国工作时，我曾经拥有小农场、果园、牧场、林地，甚至养过蚝与鳟鱼。

平生对衣着不讲究，没有用过一纸名片，但居住的房子要大，因为奇怪地，大的空间让我在学术的推理思考时来得奔放，想象力仿佛是增加了的。那可能又是那沙的旷野给我的影响了。

我平生做任何事项，不管是成是败，不见到效果我不容易放手。好比一篇学术文章，决定要写而又开了头，是好是坏没有写完我不会罢休。为什么会是这样呢？今天我想，这很可能是在那沙那段日子，在饥荒中我就是爱见到农作物的收获。满地绿成一片的农田，被果实坠得弯了下来的树枝，水稻熟时的一串一串稻穗，不管是谁种的，永远给我难

七、饥荒的日子

以形容的喜悦。

不久前我的儿子在美国购买了房子。他有两个小女儿,我几番要求儿子要在房子的前后小园多植果树,因为在感受上,孩子在小时多见树上结果,长大后的工作意向会偏于见到效果才罢休。

那沙的童年日子,也可能解释了我退休后研习书法,挥毫下笔,为什么最爱写辛稼轩的《西江月》。其词如下:

明月别枝惊鹊,清风半夜鸣蝉。稻花香里说丰年,听取蛙声一片。七八个星天外,两三点雨山前。旧时茅店社林边,路转溪桥忽见。

八、战乱后的安排
二〇二〇年三月九日

一九四四年十月母亲带着六个子女从平南县走进那沙村，十个月后也带着六个子女从那沙回到平南。进去时我是坐在篮子中让人挑着走，离开时我是自己步行的。在那沙我天天赤着脚在田野中流浪，离开时我是穿上皮鞋了。那是唯一的一双皮鞋。经过了十个月，我的双足当然是长大了一点。皮鞋不再合穿，但没有选择，害得今天我双足的第二趾变作一半盖在大拇趾上。

从早到晚走了八个小时，抵达平南，当然累，睡了，但今天清楚地记得，母亲把我弄醒，把一口饭塞进我的嘴里。那是十个月来我有机会吃的第一口饭。

平南县的县长名欧阳拔英，母亲嘱我们称他为欧阳先生。我们一家欠着这个人，而我欠他特别多。这系列文章，写到近尾之际，我会以一整篇写他和我的关系，感谢他给我的教诲与帮忙。然而，当年在平南，我年岁太小，没有机会跟他说过一句话。

离开平南回香港去，是坐船沿江行的。记得抵梧州时，我们上岸吃过一顿饭。因为这小点回忆，十多年前我和太太也刻意地到梧州走了一趟。从平南到香港，我记不起走过陆路，而今天看地图，才知道从平南上船，先行浔江，转西江，顺流而下，可以到香港。这解释了为什么当年逃难到广西的朋友，皆先走陆路，先北上到曲江然后西去桂林。用人力，当年在江中逆流而上是太困难了。

自一九四二年八月离港到一九四五年八月回归，逃难逃了整整三年。二战前的富裕家境不再。依照父亲的回忆，他的老字号、位于永乐街二十号的文来行，还在，但没有钱，也有多个子女需要进学校，怎么办呢？父亲说，他去信给美国的电镀原料供应商，问他们可否先提供货品，卖得出才付钱。父亲也说明，香港满目疮痍，不一定卖得出去。可幸美国那方立刻同意，而且说明卖不出去不用付钱。就这样，文来行就像一只凤凰，从火灰中飞起来了。

起步逃难时母亲带着七个孩子到内地跑，回归

八、战乱后的安排

时带着六个回港,秀英姊留在贵阳读医,全部活着。问题是怎样安排孩子读书。都是读书的年岁,怎样处理呢?二姊秀英当然留在贵阳读医,毕业后跟一位在桂林认识的也是读医的结了婚。三姊秀梅进入了广州的岭南,后在那里毕业。四姊秀兰继续在香港完成她的中学课程,考进了香港大学读医。第八的五伦留在香港,先读湾仔书院然后转到位于九龙的拔萃男校。其他几个,或先或后都跑到位于佛山文昌沙的华英中学与附小去。

选择佛山华英(解放后不久改名佛山一中)有几个原因。其一是父亲当时在广州有文来行的分店,购买了一栋三层高的小房子,地面为店,二、三楼住宿,几个孩子周末从佛山到该店住宿,聚会一下是方便的。其二是华英的声誉很不俗。其三在那里寄宿的学费相宜。

从一九四五到一九四八,我在佛山华英读了三年,绝对是灾难。进去时还有三个月我才十岁,该进哪一级呢?我的姊姊秀桃自己进了华英,带我去申请,他们问我要进哪一级,我说不知道。他们再问我以前读过最高的是哪一级,我说小六。问我岁数,我说不到十岁,他们把我放进小六。

我可能是华英历史上唯一的从小六升初一而又

再降到小六的学生。在二〇〇五年我发表的《求学奇遇记》中，我写下了这样的回忆：

可能是广西那沙培养出来的个性。我喜欢来去自如，独自思考，老师说的我不喜欢听就魂游四方。同学上课，我自己会跑到佛山的田园呆坐到夕阳西下。华英的日子吃不饱，衣服残破，无钱理发，提到张五常，老师与同学无不摇头叹息。小六一年升中一，中一一年降小六，还是每试必败，记过频频，不可能有再黑的日子了。

就是在华英的最后一年中，小六的吕老师给我指出一线生机。一天他带我到校园静寂之处，坐下来，说："我不管你的行为，不知怎样管才对，因为我没有遇到过像你这样的学生。你脑中想的脱离了同学，也脱离了老师，层面不同，有谁可以教你呢？我教不来，只希望你不要管他人怎样说，好自为之，将来在学问上你会走得很远，远过所有我认识的人。"

上面提到的吕老师，全名我记不起。十多年前在香港报章写自己的回忆，我几次提到这个人，说明是姓吕的。后来有一位读者来信，说他知道这位吕老师，提供了关于吕老师的细节，绝对是。但该读者又说吕老师在早两年谢世了，是在汕头谢世的。

　　说到拜师求学，没有谁比我有更好的际遇。如果算进年长后学经济，得到多位顶级大师的指导，我的运程绝对是不见古人，而今天看是不容易有来者了。

九、中国当年的恶性通胀
二〇二〇年三月十一日

英语"inflation"一词译作"通货膨胀"是恰当的。"通货"是指流通的货币量,"膨胀"是指此量增加。这其中含意着的是,货币量增加会导致物价一般性地上升。这就是西方经济学中的币量理论(quantity theory of money)的核心思想了。

在西方,这币量理论起于休谟(David Hume,1711–1776),是不浅的学问,因为货币在市场使用时的转手速度对物价的变动也有决定性。这转手速度(velocity)有没有稳定性这个问题,二十世纪下半叶经济学界吵得热闹,而我的深交弗里德曼(Milton Friedman, 1912–2006)是其中的主角。是的,二十世纪下半叶的货币理论大师我差不多全都认识,其中布鲁纳(Karl Brunner, 1916–1989)是我的老师,梅尔策(Allan Meltzer, 1928–2017)是我的师兄。

本书作者（右）和弗里德曼，一九八九年

九、中国当年的恶性通胀

个人的选择，我认为古往今来最杰出的币量理论大师是耶鲁大学的费雪（Irving Fisher, 1867–1947）。此君比他同期也参与币量理论研究的凯恩斯（John M. Keynes, 1883–1946）高明多了。当然这只是我个人之见。

写童年的往事，我要在这里用一期的篇幅写中国当年的恶性通胀（hyper-inflation），是因为自己当时身在其中。只是当年我还年幼，对实情的掌握不够全面。国民党时期的中国内地，发生着些什么事是书所难尽的。然而，凭自己回忆年幼时的所见所闻，用今天自己所知分析中国当年的恶性通胀，或多或少对今天的货币经济学有点贡献。

二十世纪上半叶，国民党把货币的供应量搞得一团糟，是他们要跑到台湾去的其中一个主要原因。今天回顾，我们不能说他们不懂币量理论。我知道宋子文懂，可能比我懂得多。我读过一篇他为祝贺费雪而写的文章，他很清楚中国当时的通货膨胀是什么一回事。但他没有我们今天那么多的关于世事局限转变的认识，所以我在这里分析的要比他当年所见来得较为全面。我认为币量理论要跟整个经济的好些其他方面一起衡量。

我们可以从另一个角度看一个经济的实力与货

币的关系。回头看国民党当年在神州大地，政府需要维持社会秩序或公安，加上有战乱的军费开支，他们的经费从何而来呢？国贫，抽税微不足道；出售土地，地价低；引进外资吗？没有谁会问津。

余下来的财政处理方法，是政府发行货币，作为一项间接性的税收。我曾经指出，在一个正常运作的经济下，政府用货币政策搞起一点通胀，是有着抽间接税的效果。然而，国民党当年是逼着要用这个选择，所以失败。

什么是通货膨胀呢？我同意弗里德曼的观点，物价一般性地上升不一定是。弗老之见，是如果大家一觉醒来，见到所有的物价上升了一倍，但不会导致市场预期物价再升，没有谁会采取预防的行为——这只是物价上升，不是通胀。

通胀是需要有一个市场的预期，市民认为一般物价会继续上升，促使他们采取防守策略或行动，从而影响市场的运作，导致经济有不良的发展。另一方面，市场"预期"这回事，只有天晓得是什么。这里的要点，是物价一般性地上升，小孩子也懂得判断，而假若这上升不断地继续，促使市民采取防守行动，经济学者就说这些行动是源于那无从观察的通胀预期。

九、中国当年的恶性通胀

恶性通胀英语称 hyper-inflation。通胀率高当然是一个需要的衡量准则，但不足够，还需要的是这通胀率历久不下。好比一九九四年，在中国，通胀率逾二十厘。这算是高通胀了，但还不到三年朱镕基总理把这通胀率调校为零，跟着出现通缩，所以我们不要把当时的通胀算进恶性通胀。恶性通胀之所以为恶，像恶性癌症那样，是近于无药可救的。

奇怪，我今天的记忆，跟网上记载的有出入。我记得国民党推出银圆券是先于金圆券，但网上的资料却是倒转过来。我记得清楚的是当国民党一九四八年推出金圆券时，我在广州，为了好奇，在推出的早上，我以官价七港元兑换了一元金圆券，但到了傍晚，这二者的黑市汇率却倒转过来，一港元兑七元金圆券！

我也记得清楚，当时在广州，面值小的金圆券称"湿柴"，面值大的——百万到亿元面值的——称"干柴"。基本上"湿柴"在市场没有人要。我也记得当时的港钞，称"咸水"，当然是受宠之物；而金圆券或银圆券则称"淡水"，市场见而拒之。明显地，这是把经济学中的神话——那有名的"格雷欣定律"——倒转过来，不是劣币把良币逐出市场，而是良币把劣币逐出市场。

说起来，国民党在大陆时期的混账货币游戏不始于抗日战争，也不始于国共之争，而是在我出生之前就开始胡作非为了。一九九九年七月，在扬州，我花光身上带着的钱，从一个地摊小贩买下他全部的国民党时期的多种不同的钞票，还跟该小贩到他家中尽购他的所藏，共千多张。回家后仔细研究，那个年代的中国真的是发神经。大概地查看那千多张钞票后，一九九九年七月二十三日我发表了《风雨时代的钞票》一文，今天在网上可以找到，同学们不要错过（见附录）。

在那风雨时代，中国在货币上的处理与恶性通胀带来的现象，是上选的经济论文题材，绝对是，但为什么同学们不去考察研究呢？我见过有关该风雨时期中国货币的好些论著，认为这些作品的考察与研究不够深入，传世的机会不高吧。

货币的存在无疑是为了协助市场的交易与投资，可以大幅地减少市场的交易费用。一个简单的实例可以说明。一九四五年，逃难回归之际，乘舟，中途在某地上岸一行，我见到一个街市，可以把一纸十元钞票，撕开两半而每半张作五元使用。这可见没有钞票，一般的市场的交易费用是高不可

九、中国当年的恶性通胀

攀的。

我也记得,一九八八年带着弗里德曼畅游中国时,对他说因为数码科技的发展,有朝一日货币量不知怎样算才对。弗老瞪大眼睛望着我,以为我是在说笑。然而,约十年前在北京跟蒙代尔把酒言欢,我又对他说在不久的将来,经济学者不会再知道怎样算货币量。他立刻问:"你是什么时候想到的?"我说是一九八八年,跟弗里德曼说过了。原来蒙兄也是那样想。

最后我要回答一个同学们会很想知道的问题:国民党当年不断地尝试发行各种不同的钞票,是为了贪污吗?历来我以为是,但今天认为不是!今天我的看法,是每次发行一种新货币之初,他们的目的是要稳定经济,从而希望保着江山。只是新货币推出后,因为没有几个人相信币值可保,守不住,所以官员们就索性在新的货币完蛋之前,尽量多发,从而大贪一手。

我这个观点是源于一个比较新的看法。我今天认为,不管一种货币有没有钩着一个明确的锚,但某种锚一定要有才可以成为市场接受的货币。以金或银为货币,本身就是锚,但如果只是写在钞票上说,市场相信则是,不信则不是。国民党当年的钞票只是在钞票上说，信之者蠢也。或明或暗地钩着外币也算是锚，有没有人相信则要看国家的经济形势矣。我屡次建议的钩着一篮子物品的物价指数也是锚。推来推去，推到尽头，没有明确的锚存在，一种货币的发行总要钩着发行该货币的国家的经济。经济崩溃，没有实物或外币为锚，一个国家的货币不能守值。经济可观，只要央行懂得调控货币量，币值可保。这是因为经济本身就是锚。我多次建议的用一篮子物品的物价指数为人民币之锚，主要是为了要防守人民币推出国际时有可能受到的袭击。

二〇〇二年四月二十四日，我在天津南开大学以《以中国青年为本位的金融制度》为题讲话，也就是从另一个角度说，一个经济本身有实力，基本上就是该国的货币的锚。

十、欧阳先生与《娄寿碑》

二〇二〇年三月十二日

回头说写这系列回忆文字,起笔时我提到香港西湾河太富街十二号二楼,我出生的地方。二战后,神州局势混乱,国共之争严峻,不少内地客逃到香港去。作为平南县长的欧阳先生,字拔英,也逃到香港来。因为他曾经帮过我们逃难到平南县郊外的那沙村的一家七口,母亲安排欧阳先生、他的夫人与两个侄儿住在太富街那个公寓式的单位。

一九四八年八月我离开佛山的华英附小,回港后父亲收到该校的校长的一封信,说我读书成绩太差,要另谋高就,这是把我逐出校门了。有点奇怪,开除一个小学生校长无须亲自写信给学生的家长。后来知道,我家几个孩子进入华英,是因为那里的校务主任,姓吕的,跟我的母亲有点远房亲戚关系,所以华英的校长要来信解释一下为什么要把我逐出校门。

今天回头看，当年离开华英回港是好事，因为过了几年朝鲜战争开始，有几位我在华英认识的同学参与该战事，消息传来皆"醉卧沙场"。

我写过一九四八年回港后在湾仔书院的一些往事，其中遇到的郭炜民老师让我逃课而还把我升到皇仁书院去。我也写过在皇仁书院得到黄应铭老师的赏识，见我升不了级还对其他同学说我是特别的。我在皇仁被逐出校门是一九五四年。

我也写过西湾河太宁街的二十七号，在那里遇到的能人异士对我后来的发展有深远的影响。太宁街当时称第二街，而欧阳先生住的太富街是第四街，二者相隔步行约三分钟。流连于太宁街，我久不久跑到太富街跟欧阳先生倾谈一下，而这倾谈愈来愈密，一九五四年离开皇仁之后我每星期总要找欧阳先生倾谈三几次。

欧阳先生是我平生认识的对中国文化知得最有深度的人。他喜欢跟我谈风水，论掌相，但他自己是信与不信之间。每天清早他到廉价食肆喝茶，永远是普洱，一盅两件。做县长时他无疑是个清官，来港时一点钱也没有，我的母亲按月给他一点家用。

跟他谈中国的古文，他认为是上选的有王羲之的《兰亭集序》，孔明的前后《出师表》，李华的

十、欧阳先生与《娄寿碑》

《吊古战场文》，苏东坡的两篇《赤壁赋》。教我背古文，他推荐一本今天没有多少人知道的《东莱博议》。

欧阳先生最擅长的是写书法，精研汉碑字体，而他认为自己写得最称意的是《石门铭》。当时我听到，欧阳先生是广西一带写汉碑的第一把手。多年后我自己对书法有了深入的认识，才意识到盛行于清代的汉碑书法，没有一个写手的功力比得上欧阳先生。是的，我认为那极负盛名的清人金农写的汉代《华山碑》，比不上欧阳先生写汉碑的功力。

跟欧阳先生论书法，他讲的是哲理，跟多年后上海周慧珺老师教的是两回事——周老师教的主要是用笔之道。想当年，欧阳先生喜欢带着我，坐在走得慢的电车的头等座（即上层），票价二角，然后观望路旁店子的招牌展示着的书法。他逐一品评，向我解释什么是可取什么是败笔。他讨厌北魏的碑体，认为是矫揉造作，犯了书法艺术的大忌。

这就带到多年后我爱收藏中国文物的一个重要起点。那是一九五六年，我在香港摩罗街的一家旧书店见到一个书法拓本，称《娄寿碑》，据说是从日本回流的。我带欧阳先生去看，他立刻认为是他见过的最重要的汉碑拓本的真迹。那时我已经听到欧阳先生曾经是收藏汉碑拓本的广西名家，只是逃难时没有带到香港来。

该《娄寿碑》封面的题签说明是《宋拓娄寿碑》。要价七十港元，当时是很高的价格了——其他的汉碑拓本当时只卖几块港元。欧阳先生坚持要买下来。他没有钱，我要把自己的零用钱积蓄了几个月才凑够七十港元这个数目。

后来我考查所得，《娄寿碑》无疑是汉碑中的王牌，但众人只是听过，没有见过。再后来我见到清人何绍基藏的《娄寿碑》拓本的复印，字是相同的，但何氏收藏的字体支离破碎，完整的字没有几个，显然是宋代之后的拓本。今天网上也有另一份有龚自珍题跋与很多名家鉴赏章的版本，也说是宋拓，但比我的少了二十四个字，而且字体明显地有别，弱了很多，也跟何绍基藏的不同。

我见到的是汉代的《娄寿碑》没有疑问，但是否仿制而不是宋拓的真迹呢？有三个不同的看法：一位专家说有问题，不敢肯定是真；另一位专家说是宋拓本无疑问，但究竟是不是那经典的《娄寿碑》他不敢说；我自己呢？认为是宋拓《娄寿碑》的真迹无疑问。三个原因。其一是欧阳先生的学问与对汉碑拓本的研究，是远远地高于后来的人。其二是有何绍基旧藏的破碎版本的支持。其三是摩罗街的那家旧书店的女老板我当年认识，她是专于出售二战后从日本回流的中国书籍。她完全不知道《娄寿碑》是何方神圣。

拓本上盖着两个印章，欧阳先生说用上的印泥是难得一见的上品，不可能是等闲人物盖上去的。其一的篆文为"均初所得海外金石文字"（见附图一）。均初即沈树镛（1832–1873），是清代有名的金石学家。其二的篆文为"子垣鉴赏"（见附图二）——查不出"子垣"是谁，但中国嘉德二〇一九年春季拍卖"汉《朝侯小子残碑》纸本"上，有同样"子垣鉴赏"的印（见附图三）。

图一

图二
（《娄寿碑》印）

图三
（嘉德 2019 年春拍印）

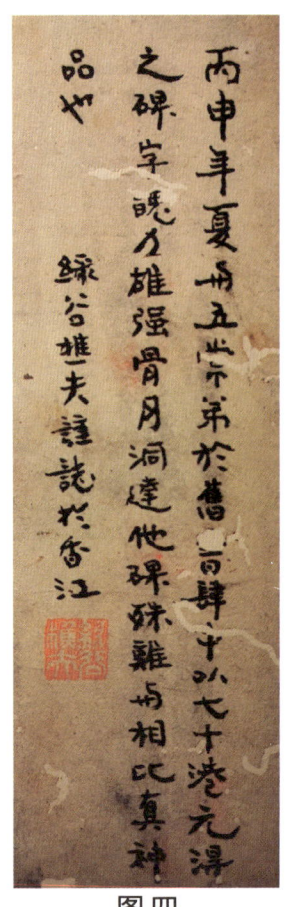

这里我也附上欧阳拔英先生的题跋（见附图四），印章"绿谷樵夫"是他的斋号。跋文如下：

丙申年夏与五常弟于旧书肆中以七十港元得之碑字魄力雄强骨肉洞达他碑殊难与相比真神品也。

绿谷樵夫谨志于香江

这里也附图示范我今天还珍藏着的《娄寿碑》开头的八个字（见附图五）。

图四

图五

十、欧阳先生与《娄寿碑》

一九五四年夏天我被皇仁书院逐出校门，无所事事。我的父亲卧病于养和医院，当时家境好，他住的是一间私人病房。欧阳先生常常到那里陪伴他。一天父亲招我去见他，说："医生说我还有约两个月的寿命，你读书不成大家都知道。我去世后你可到文来行学做生意。这些日子欧阳先生常来这里跟我倾谈，他屡说你是他见过的最有天赋的青年。最近我对你观察多了，认为欧阳先生说得对。有机会你要再读书，因为我平生最佩服的是有学问的人。我对你的改观，已经对你妈妈说了。她会知道怎样做。"

最后要说一个小遗憾。那是我一九五七年离港赴北美，临行前把上述的《娄寿碑》放在香港西湾河澳背龙村的旧屋中的一个衣柜内。一九七五年回港一行，再找到该《娄寿碑》，却见有些被蛀蚀的痕迹。我立刻拿该碑帖到九华堂去重新装裱，裱得好，但取回时却少了封面的题签。

十一、想象力是培养出来的
二〇二〇年四月五日

很多朋友希望我能写自己的传记，但我认为自己算不上是什么人物，不值得勒碑志之。然而，写散文，我久不久提到自己的已往，而比较有系统的有《求学奇遇记》、《〈佃农理论〉的前因后果》、《一蓑烟雨任平生》等几个系列。

这次写《童年的回忆》，是缘于看到一帧一九六七年摄于香港西湾河山头的照片。再早上二十多年我是在那里的山头长大的。思往事，我用英文写了一封长信给一些朋友，略说在该山头长大的情况。这些朋友哗然，其中一位竟然说我有写《荷马史诗》的本领！我尝试把该英文信翻为中文给同学们看，但动了笔就觉得不妨多写几篇。《童年的回忆》于是写了十篇，这最后的两篇是要写些结语了。

我认为一个人的脑子有三方面不同的功能。其一是记忆力,其二是分析力,其三是想象力。我认为记忆力是天生的,分析力是训练出来的,而想象力则要靠培养而得。这些观点是我这个在地球上活了八十多年的人,凭自己回顾平生的或成或败的经历而获得的意识。

先谈记忆力吧。每个人的记忆力通常都不差,但有些人好得神奇,而且往往在年幼时就显示出来了。最明显的例子是下象棋。那所谓"十八岁不成国手,终生无望"之说,是指下棋。一个明显的例子是美国昔日的国际象棋天才菲舍尔(Bobby Fischer),只十岁就走出被誉为二十世纪最佳的一局棋。记载说此子的记忆力好得神奇:在他之前的所有名家对局他全部记得!

当然,象棋要下到世界级水平,记忆力不仅要好得近于奇迹,分析力也要大有可观。然而,我要在这里指出的,是想象力于下棋不重要。可以这样看吧:凡是可以谱入今天的电脑、可用方程式处理的玩意,皆跟我在这里要说的想象力没有多大关联。

转谈分析力,其天赋也可在年幼时就展现出来。数学是一个例子。数学的天赋跟下棋的天赋没有关联!很多人认为有,其实没有——这是五十多

十一、想象力是培养出来的

年前我跟美国的一些师友讨论后大家同意的结论。数学的天赋不重视记忆力，而是重视分析或逻辑推理的本领。当然，任何人都可以学数，也应该学一点，但要成为世界级的数学人马，没有明显的天赋我劝你不要进军。

音乐也是展现得早的天赋。想想吧，二百多年前，通信落后，五岁的莫扎特的音乐天赋就名动整个欧洲。早发的音乐天赋跟早发的下棋天赋没有关联，但奇怪地跟也属早发的数学天赋是挂上了钩的。为什么会这样是个有趣的问题。我个人认为音乐与数学的天赋有关，是因为二者皆重视符号的掌握与"量"的相差或相等的感受。

上述之外，在音乐上要有大成，耳朵的听觉要生得特别好。这后者我早知自己有所不逮。当然，任何人都可以学音乐，也应该学一点，但如果你要成为师级人马，耳之于音有所不逮我劝你不要尝试。另一方面，跟任何艺术的表达一样，要有大成其从事者的品味一定要好。品味这回事的确很重要，我认为不是天生的，有机会我会说得具体一点。

这就带到这里我要说的"想象力"这个主题。我认为想象力不是天生的，而是在后天的成长中培养出来。物理学大师爱因斯坦曾经说想象力是科学研究最重要的一环，应该是。我对物理学完全不懂，但所有我读到的关于爱氏的文字，都提到他的想象力。

严格地说，我认为物理学是难度最高的学问。我不敢谈物理，但经济学则大可一谈——这后者，我不仅认真地操作了六十年，而且当年在美国的师友近于一致地认为我是行内最富想象力的一个。我可举几个简单的示范例子。

例一。写佃农分成，是关于生产要素的市价厘定。传统的分析说，雇用劳动力，有了一个工资，雇主会雇用某量。佃农分成呢？我见租用土地没有一个租金，就问：那么地主要给农户多少土地呢？

例二。写座位票价，我见当时香港的电影院的戏票炒黄牛，其价较高的优质座位的票永远是先售罄，就问：为什么优座票的定价一般是偏低了？

例三。蜜蜂采蜜的服务是一种产品，蜜蜂传播花粉的服务是另一种产品。传统的分析用两条函数方程式处理，复杂得很。我说，二者加起来是一种产品，正如养羊，既有羊毛，又有羊肉。

如上述例子，示范着的想象力，我写的英语论文篇篇皆是，而六十五岁退休后写了近二十年、今天成为五卷的《经济解释》，差不多页页皆是。好些朋友说读我的文章，读了一段怎样也猜不中下一段会说什么。他们当然猜不中，因为下笔时我自己也不知道下一段会说什么。

杨小凯曾经白纸黑字地直言，斯蒂格利茨抄袭我《佃农理论》的第四章而获得诺贝尔经济学奖，替我抱不平。其他行内人指出，抄袭我的思想而获诺奖的，不下一掌之数。什么不完整合约、效率工资、卸责偷懒、风俗产权等获诺奖的话题，皆源于我。我懒得回应，因为认为他们连抄也抄错了。

科斯我当然是敬仰的。但他那大名鼎鼎的定律说，如果交易费用是零，市场的运作会怎样怎样。我却说，如果交易费用真的是零，不会有市场。这点重要，而科斯也认为是对的。对我来说，这项科斯的大错是一项重要的贡献，因为给了我启发，让我后来在《经济解释》中推出今天看有机会名垂思想史的"交易费用替代定律"。有点可惜，我曾提及那"科斯定律"出现的一九六〇年的鸿文有一个大漏，不是因为上述的错，而是在该文内科斯没有提及奈特。后者于一九二四年提出同样的观点，科斯不可能不知道，少了一个提及奈特的注脚，将来写经济思想史的会指出这件不幸的事。科斯的贡献，因为加进了交易费用，其实很大，只一个提及奈特的注脚就会永远地过了关。

如果我真的有当年在美国的师友说的不凡的想象力，那么今天回顾，这本领是源于年幼时在广西荒山野岭，背着妹妹到处寻寻觅觅的艰苦日子，以及二战后因为读书不成，继续在荒野流浪，或跟香港西湾河山头的穷孩子游玩而需要自己想办法取胜的玩意。年幼时我的父母没有给我买过一件玩具，年长后养育自己的一子一女，我也没有给他们买过一件玩具。

回想一九八二年回港任教职后，为儿女选学校，我逼着要把他们送进英语学校，因为这些学校放学后回家不用做功课。我要他们想出自己的玩意。大学毕业后女儿要结婚生养儿女，这是她的选择，我不干预，虽然我认为进入研究院她会卓然成家。儿子呢？他要走我的路，以学问为生计。先专于生物与医学，后转医药研究，今天也属世界级人马。我的一位外甥当年在香港没有大学收容，把他带到美国，教他怎样去钓鱼，今天该外甥在细胞的研究上也卓然成家。

我们三个当年考那些墨守成规的公开试都不会

十一、想象力是培养出来的

在香港有大学收容——我自己连初中也没有过关。然而，我们三个皆凭想象力而在西方崭露头角。我的中学成绩最差，儿子次之。中学成绩最好的是我的外甥，可幸当年香港的大学不收他。奇怪地，我们三个以想象力论英雄，其高下排列刚好跟中学成绩倒转过来！

今天看，我们三个会获诺贝尔奖吗？当然不会。不久前我对外甥说："你是不会拿得诺贝尔奖的。但关键的问题是，如果你获诺奖，没有人会说不值得。"他很高兴，因为这些日子获该奖仿佛是中了邪，给行内的众君子骂得死去活来的。尽管我的外甥及儿子今天皆属世界级人马，但要打进将来的史书他们的机会可要比我低一点：年幼时他们可没有在荒山野岭流浪过，想象力因而比我不上！

十二、结果与传世的追求
二○二○年四月十五日

我的儿子四十八岁了。不过两年多前,四十五岁,他才找到一份称意的工作。论读书考试,他是我家内内外外成绩最好的一个。他的中学成绩不怎么样,是因为我约束着,放学回家不准做功课,更不准请什么补习老师。我认为求学这回事,是长途赛跑,早起步飞奔一定会败下阵来。

儿子和他的妹妹进入了大学后,我完全不管他们的成绩。永远不问。只是一次在飞机上,见到一本刊物选出美国大学的几百位成绩最佳的本科生中,儿子与女儿的名字排列在一起。女儿读大学只是为了给我作一个交代,毕业后她要结婚成家,是她的选择,我不反对。儿子却要不断地读下去,我当然也不反对。做本科生时他要购买很多课外的关于生物的书,而后来进入了研究院,买书的钱由校方提供,他当然买得更多了。

儿子放在书架上的书，看起来一律是全新的，仿佛没有被翻过。一次我问他："这些书你都读过了吗？"他答："都读过了。"

本科后，儿子进入一个要花十年时间的课程，是生物博士与医学博士一起读的。跟着他花了五年做些医生专业与获取牌照的操作，再跟着是进入了西雅图的一家研究院，行医的时间只约五分之一。困难的出现，是在美国，研究金的获取愈来愈困难！是在这个困境中，喜欢从事研究工作的儿子，两年多前转向有直接商业价值的医药研究那方面去。

儿子说，有直接商业价值的医药研究与没有直接商业价值的学术性研究，其趣味是一样的，只是前者用不着发表学术文章。儿子有医生牌照，做商业研究的价值较大，因为跟医院与其他医生的沟通是比较方便的。

为了转向有商业价值的医药研究那方去，两年多前儿子转到该行业最集中的加州中部。我曾说过，他在那里买了一栋前后有小花园的房子。同样的房子，十多年前美国之价倍于上海，但今天只约上海的一半，约深圳的五分之一！我也曾经说过，以房子舒适而言，比起中国，美国是远为接近《圣经》说的伊甸园了。

我见儿子搬进了新购的房子，几番建议他在前后的小园多植柑树，因为加州一带是植橙与柑最适宜的地方，但市场多见的是橙，少见的是柑。五十多年前，我在洛杉矶加大念书时，一位同学家的后园种着多棵柑树，其果实甚佳。

我对儿子说，我希望两个孙女在长大的过程中见到果树结果。这是因为自己年幼在广西逃难时，在贫困的村落中，老是爱看果树上结着的果。我当然吃水果，不是很喜欢吃，但奇怪地喜欢见到树上挂着满是成熟的果实。是的，就是在日暮黄昏的今天，我在内地拥有一个果园，每年在果熟时我总要找机会去看看树上结着的果实。

我也说过，爱看果树结果的取向可能跟我在学术研究的取向有点关联：凡是一个题材有了起点，或动了笔，或决定要写，我历来是见不到成果不会罢休。

遥想一九六七年写好了论文《佃农理论》，到洛杉矶加大的校务处索取博士文凭时，因为外籍学生需要多交五十美元，我决定不要，因为论文已经写好了，交了出去，几位教授都签了名，一纸文凭怎值五十美元呢？正要离开，校务处长史高维尔

(他曾经教过我的欧洲经济史)却追了出来,要替我交那五十美元。我急忙在钱包掏出钱给他。

我是个平生没有用过一纸名片的人。对我来说,名头与文凭不是果实,但《佃农理论》这论文则无疑是。后来在芝加哥大学的两家图书馆找到更多的有关资料,把该论文加长了约三分之一,在芝大出版后我把该书放在自己的床上,陪伴着我睡觉好几晚。今天回顾,当年师友之间论英雄,大家只衡量思想的重要性,没有谁管文章的数量与名头的。

当年在洛杉矶加大的经济研究院,比我聪明的同学有的是,但决定要写的文章,我一定会写完的习惯却不多见。老师阿尔钦曾经对他的女儿说,我永远比他教过的其他学生多走几步。其实这只不过是说,我要见到果实才罢休。

有些题材,从意识着要写到写出成果很容易。好比写座位票价,实地考察两个星期,下笔只一个周末。有些题材很困难,好比写价格管制,只二十页纸我反复重写,花了一整年。有些题材重视变化,要多累积观察,历时甚久。好比写《公司的合约性质》,我在一九六九年回港考察工厂时,就决定该题材要以件工合约为核心,到完工发表时却是

十二、结果与传世的追求

一九八三年了。最遗憾的是两份厚厚的石油工业的研究。老师阿尔钦认为是他读过的最优秀的经济实证研究报告,可惜当时因为是顾问工作,不能发表。今天是可以出版的,但是非常专业的学问,出版商恐怕没有兴趣。

这就带到我要向同学们推荐的《经济解释》。我从二〇〇〇年退休后,才开始动笔,因为要多积累对世事的观察。最初是分三卷的,跟着是分四卷,到今天,则成为五卷了。写了整整二十年!

为什么会是这样呢?一个原因是上述的,我要见到结果。另一个原因——近于无从解释的——是我希望自己的作品可以历久传世。要争取自己没有机会见到的身后事,是不容易解释的行为。说实话,多年以来,写作的稿酬或版税,我是全部由协助找寻资料或整理文稿的助手收取。但论著却是我的,是我自己创造出来的果实了。一九七六年道金斯出版的《自私的基因》提出的论点可能解释:要养育自己的下一代是自私的基因使然。那么从这一点看,要自己的思想传世也是自私的基因使然了。

朱锡庆曾经说我那套《经济解释》将会传世一千年。是过于夸张吗?当朱兄这样说时我认为是,但今天看可能不是。这是因为今天见到很多商人与干部都在读这套不容易读的书。听说他们认为那套书有实际的用场。经济学本来就是要有实际用场的，只是数十年来从事者为了争取多发表文章与在大学的升职，转到数学方程式与无数无从观察——因而无从验证——的术语的"新"经济学那些方面去。

物理学是一门有公理性的科学，而又因为有关的变量皆可观察，所以可以推断，因而可以验证。建筑工程不是物理学，但要基于物理学的公理才可把建筑物建造起来。我从事的经济学也是公理性，然而，除了"需求量"这项不是真有其物的无从观察的"量"，我否决了所有其他无从观察的变量。只一个无从观察、不是真有其物的"需求量"，我就深思了几十年才处理得好，但今天的经济学却发展为满是无从观察的术语的学问。

有些朋友说，这不幸的发展是源于我在《佃农理论》第四章提出的那无从观察的"卸责"这个概念。可能是，因为这个没有验证用途的术语影响了阿尔钦与德姆塞茨一九七二年发表的关于经济组织的大文，跟着就是威廉姆森一九七五年出版的一本满是无从观察的术语的书，再跟着就是曾经在二十世纪五十年代流行过一段日子的博弈理论的卷土重

十二、结果与传世的追求

来了。

其实，争取思想传世是近于无聊的玩意，因为作者本人没有机会见到。但在无聊中我们还是要问：王羲之为什么要写他的《兰亭集序》？苏东坡为什么要写他的《赤壁赋》？羲之当年要在数十个文人中表演一下，不难明白，但苏子写好《赤壁赋》后是不敢示人的。我在退休后花了二十年，多番修改才写成今天同学们可以见到的五卷《经济解释》，为的是些什么呢？答案是要见到自己创造或培植出来的果实，而希望的是自己不可能见到的历久传世的追求。

我从事经济学六十一年了。在这门学问的创作上我不断地尝试了五十五年。今天回顾，作品能传世半个世纪不困难，但一定要有三个因素的存在，其一是作品要有点新奇——英语称 novelty 是也。不一定要有震撼性，但总要给读者有点新奇的感受。其二是作品要有趣。这是品味上的问题——天生没趣的人在经济学的研究上不会有大成。其三是作品提出的论点一定要是真理——或起码要经得起一段长时日的蹂躏。

这些传世条件的要求，解释了纯为兴趣与满足作者的好奇心而追求的学问，其传世的机会一定比追求其他目的为高。纯从学问或知识的角度衡量，没有趣味的作品传世三几十年是近于不可能的了。

附录十二篇

1. 雄军尽墨话当年——忆容国团
一九八九年四月二十八日

最近世界乒乓球赛在西德举行，中国内地的男子选手全军尽墨！三十年前，在同一地方，我的好友容国团在世界男子单打的决赛中，左推右扫，把匈牙利名将西多杀得片甲不留。中国作为乒乓王国是从那天起的，到今天为止，整整三十年。没有哪一项体育活动能这样持久地一面倒的。

多年来，很多朋友要求我写一篇追忆容国团的文章；但每次拿起笔来，内心实在不好过，写不上二百字就停下来了。今次中国男子队落败，我不禁想起三十多年前的一些往事。容国团在一九六五年亲手训练出来的女子队，薪尽火传，到今天还是光耀世界乒乓球坛。我想，阿团若死而有知，也会感到骄傲吧。一个身体瘦弱的体育天才，其影响力竟然历久不衰，而女子队的成就只不过是其中一方面而已。

一九五七年，春夏之交，容国团和我决定分道扬镳。他打算去中国内地，而我却要到北美洲去碰碰运气。他决定北上的原因是这样的。该年初，他获得香港的单打冠军，跟着在四月二十三日，在九龙的伊利沙伯体育馆以二比〇击败了荻村伊智朗。荻村并非一个普通的世界冠军。他的正手抽击万无一失，百战百胜，于是红极一时，没有谁不心服口服的。但容国团当时在一个左派工会任职，备受外界歧视，赛后在伊馆的更衣室内，冷冷清清的只有我和他两个人。战胜荻村是一宗大事，竟然没有记者来热闹一下，他显得有点尴尬。我打开话题，对他说："你的反手推球愈来愈快了，应该有资格向世界冠军之位打主意吧。"他回答说："今晚我胜来幸运。不要忘记，在第二局十九平手之际，荻村发球出界。"我说："打五局三胜，你的体力可能不及，但三局两胜，我认为你赢面居多。"

　　到了五月间，马尼拉举行亚洲乒乓球赛，容国团竟然成了遗才，不被选为香港队的选手之一。连亚洲赛也不能参加，世界赛又怎能有一席之位呢？我和一些朋友就认为：他要进入内地才有机会闯天下。北行就这样决定了。想不到，昔日我们的好意劝勉、支持，到后来反而害了他。

1. 雄军尽墨话当年

我是在一九五七年七月三十一日离港赴加拿大的。船行的前一天，阿团清早给我电话，要我在下午到他任职的工会见见他。会址在湾仔修顿球场隔邻的一幢旧楼上，我到过很多次了。那会所是一个不及一千平方英尺的单位，其中一个小房间作为图书室之用（阿团是图书室的管理员）；另一小房间，放一张康乐球桌（他是此中高手），也放着一盘象棋（我有时在那里闭目让单马，仿效着马克思笔下的"资本家"那样去剥削一下那工会的会员）。余下来的一个较大的房间，放着一张乒乓球桌。这是容国团的天地了。

日间无聊（他那份工作的确无聊至极），没有对手，他就在那球桌上单独研习发球。可以说，今天举世高手的发球有如怪蛇出洞，变化莫测，都是源于这个不见经传的工会之斗室中。也是在这斗室之中，容国团创立了持直板的四个重要法门：发球、接发球、左推、右扫。我们今天看来是很基础的打法，在五十年代却是一个革命性的创新。容国团的方案一定下来，日本的乒乓王国就一去不返了！

话说那天下午我应约去找他，会所内只有我们两个人（日间那里一向少人到的）。他知道我隔一天就要出国，而过几个月他也要到中国内地去了。在那时，远渡重洋，差不多是生离死别的事，更何况大家天南地北，要通信也不容易了。做了七年朋友，有几段时期朝夕与共，谈天说地，大家都有点少年人的豪气干云，对什么事情都拿得起放得下的。可是，在那天下午，我们都出奇地沉默，似乎只要见见面就行，毋须多谈什么似的。

"行装都整理好了吧？"他轻声地说。"差不多了。""到那边还打算搞摄影吗？""摄影机是带去的，但将来不会靠摄影谋生吧。"他看着我，想着些什么，说："我不知道你将来会是什么行业的大师，但你总会是其中一个！"我想，是说笑吧。在香港不得志而远走他方，前路茫茫，连起居饮食也不知道日后如何，还谈什么大师了？我知道他很羡慕我能到北美洲去，但我羡慕的却是他的才华。我于是回答说："我的机会可能比你好，但你是个音乐天才，也很可能是将来的世界乒乓球冠军，大家以后努力吧。"

最后，他说："我没有钱，不能送给你些什么，把我的球拍送给你怎么样？"我喜出望外。为了要珍存那球拍，我把它留在香港；想不到，两年后他赢得世界冠军，那球拍就给朋友"抢"走了。

他又说:"最近我想出一招新的发球技巧,今天要你到这里来,是想教你怎样打这一招。"我当时心想,到北美洲还打什么乒乓球呢?但见他盛意如斯,我怎能推却?

那是一招反手发球,同一动作,可以有上、下两种不同的旋转。以今天的眼光看,这样的发球当然是平平无奇,但三十多年前,那确是创新。后来我凭这招发球得了加拿大冠军,见到那些球技比我高得多的对手脸有"怪"色,输得糊里糊涂,我实在觉得有点尴尬。

离港后,我再也没有见过阿团。后来朋友来信说他去了内地;但一般人都知道,当年从外国写信给中国内地的朋友,可能会给后者带来麻烦。于是,我们二人之间音讯断绝了。一九五九年四月的一个晚上,我在多伦多一家影院里看电影,正片前放映新闻简介,突然从银幕上见到容国团胜西多的最后一分,我霍然而起,电影不看了,步行回家后整晚也睡不着。

十年后,我从芝加哥转到西雅图的华盛顿大学任教,驾车到温哥华一行,遇到了一位从中国内地来的乒乓球员,就很自然地向他问及容国团的情况。他回答说:"他在去年(六八年)死了,是自杀的。"晴天霹雳，我泪下如雨。

我一向知道容国团热爱国家。我也知道容国团热爱生命，外软内刚，决不会轻易地自杀。他的死，使我深深地体会到"文革"的恐怖。

"文革"之后，容国团被平反。死者死矣，平反就算是有了交代吗？受害者不可能知道迟到的道歉！也许唯一可以做到而又应该做的一点补偿，是尽其所能去维护容国团的下一代。这就要推行法治，给活着的年青人大开机会之门。

容国团是广东珠海人。一九八七年十一月中旬，珠海举办一个容国团诞辰五十周年纪念会，隆重其事。不知道他们从哪里获悉我是阿团少年时的好友，邀请我参加。我当时在美国，电话中知道这个邀请，就立刻飞回香港，睡也没睡好就赶到珠海去。进了当地的一家宾馆后，不知与谁联络，正彷徨无计时，突然在会客厅内见到一个似曾相识的女孩子。我若有所悟，走上前去，说："你是容国团的女儿！"她对我嫣然一笑，使我感到一阵温馨。

我跟着见到她的母亲，大家不停地细说阿团的往事，一说就是几个小时了。后来我们去参观珠海市为纪念容国团而建立的铜像，见到铜像下边所刻的铭文竟然没有提到容国团是怎样去世的，我冲口而出："写得不好！"她们母女俩看着我，我不再说什么。我想，假如由我执笔，我是会这样写的：

容国团是广东珠海人，生于一九三七年八月十日。一九五九年四月五日，他获得世界乒乓球赛的男子单打冠军，也就是中国在任何体育上的第一个世界冠军。他对乒乓球技全面革新，训练出一九六五年世界冠军的女子队。在此后一代中的世界乒乓球坛上，中国战绩彪炳，所向披靡。一九六八年六月二十日晚上，容国团不堪"文化大革命"的迫害，自杀身亡。

2. 光的故事
一九九〇年九月十四日

这是个不容易相信的故事，但真的是发生了。

(一)

抗日战争末期，母亲带着我们几个孩子逃难到广西一带，糊里糊涂地跑到平南县附近的一个地图上找不到的小村落。那里的村民很穷，不识字，没有见过纸张。跟他们谈及火车、汽车、飞机等交通工具，他们觉得是神话。

那时我大约七岁。在该村落吃不饱、穿不暖，严冬的"衣裳未剪裁"，生活着实可怜。但今天回顾，那段日子却有温馨的一面。在溪间捉虾，跟人家放牛赚点零食，到山间砍松木、拾取松块，烧起来既香且暖。肚子饿了，到农田中偷番薯吃我是个天才。给贫困的农民抓着可不是开玩笑的。于是，我训练出一种特别的技能。在五十步之外，我向着田里一看，就可以知道哪处薯苗之下必有可取的番薯。四顾无人，飞步而上，得心应手，万无一失，不是天才是什么？

适者生存，不适者淘汰。在战乱时所交的小朋友中，知道今天还健在的，只有吃了我偷来的番薯的妹妹而已。这本来是一出悲剧。假若在回忆中我不是总向温馨那方面想，长大了之后我可能是个愤世嫉俗的人。我对中国年轻人的同情心是在那个时期培养出来的。很多年以后，在美国生活了二十五年，重回祖国，遇到了一些老气横秋的干部，说我怎样不懂中国的特殊情况，怎样不了解炎黄子孙的生活背景等，使我有反感。两年前，在内地的一个晚宴中，席上有多个干部一起，其中一位又对我说那些八股话，我就不客气地回应："论背景，在座各位很少人有我批评中国的资格，我觉得我可以这样说，是因为我曾经在你们认为有独得之秘的国家，险遭淘汰。"

在那村落中，艰苦的日子过了一年多。比较难以忘怀的一件苦事，是我染上了疟疾。疟疾是个很奇怪的疾病。每天下午四时，发冷就来了，颤抖个多小时后，冷感尽去，但第二天会准时再来。在当时，治疟疾的唯一药物是金鸡纳，而生活在连纸张也没有的穷乡僻壤中,到哪里去找这"先进"的药物呢?

母亲见我每天依时发抖,当然知道是患上流行的疟疾,可是她束手无策。她只好靠"想象力"来试行治疗。例如,她知道金鸡纳是苦的,是从一种植物提炼出来的,就试以苦瓜水为药!苦水喝了多天,苦不堪言,但全无起色。后来母亲听村民说,医治疟疾的一个办法是,患者每天在发冷颤抖之前,最好将心思集中在另一些事情上,忘记了颤抖的时间,打断了按时颤抖的规律。这听来似是无稽之谈,后来竟然证明是生效的。几个月后的某一天,在颤抖将至的时刻我跟一个孩子打架,打过了后,疟疾竟然一去不返。

但在打架之前的几个月,每天下午三时许,母亲照例把我"赶"出家门,指明要在荒山野岭游玩,在日落之前不许回家。村民怎样说,母亲就怎样做,显然是因为爱莫能助,什么古怪的办法都要试一试了。于是,一连数月,我每天下午离家,到处乱跑,到了四时左右,或静坐在山间苍松之下,或蜷缩在溪水之旁,颤抖个把小时。事后看看还不到回家时间,就悄悄地坐着,心里想着些什么,等待太阳下山。

有几个月的黄昏我是那样过的。荒郊四顾无人，鸟声、风声此起彼落，阳光下的山影、树影、草影不断地伸长，然后很快地暗下去，而虫声就愈来愈响了。无所事事，我对光与影的转变产生了兴趣。每天在发冷颤抖之后，我大约花个多小时去细察日暮的阳光在草上、叶上或水中的演变。细察之下，光的变化很快，也就更引起我的兴趣了。又因为时间有的是，我对光在物体的最微小的变化也不放过。草与叶之间的光可以变得如梦如幻；石块上光的加减可以触发观者的想象力，使平凡的石头重于泰山；水的光与影可以热闹，可以欢欣，但也可以变得寂静、灰暗，甚至使人联想到幽灵那方面去。

是的，幼年时，在广西的幽美荒郊，因为患上了疟疾，我曾经有一段长时期与光为伴。久而久之，像朋友一样，我对光的特征与"性格"很清楚，可以预先推断它最微小的转变。这是很特别的感受。我当时没有想到，这感受连同它带来的独特知识，二十多年后使我在美国成了名。

（二）

幼年的经验过眼烟云，无可奈何地消逝了。事

2. 光的故事

实上这些经验我们可以不经意地记得很深刻，很清楚。"不思量，自难忘"，是苏东坡说的。童年的事往往如此。长大后不会去想它，但在心底里童年所得的印象驱之不去。广西荒郊的日暮之光，离开那里后我没有想过，但二十多年后，在同样的心情与类似的环境中，我就不能自已地重温童年的感受。这是后话。

一九五五年，十九岁，我在香港中环一个橱窗前看到简庆福所摄的《水波的旋律》，心焉向往，就千方百计地找到一部旧相机，是战前德国产的"禄来福来"，学人家玩摄影去。几个月后，寄出四帧作品到香港国际沙龙参加比赛，两帧入选的都被印在年鉴上，就不免中了"英雄感"之计，继续在摄影上搞了好几年。

摄影是以光描述对象，但在从事摄影之初，我没有想到童年时对光的认识有什么关系。我在摄影上所学的"取"光，是那些墨守成规的、什么高低色调的沙龙光法。一九五七年到了加拿大，有空时跑到图书馆去，遍寻各名家所著有关光法的书籍。后来有机会到一家有名的摄影室去做职业的摄影师，对各家各派的光法更了如指掌了。可以说，在灯光人像的安排上，我对当时每一派系的光法都可以运用自如。

因为在北美洲对摄影的视野扩大了，我对充满教条意识的沙龙作品失却了兴趣。而职业摄影虽然可以赚点钱，但工作还是过于呆板，兴趣就愈来愈小了。一九五九年进了洛杉矶的加州大学，在半工半读的生涯中，每个月我到好莱坞教那里的一些摄影师"灯光人像"之道，教一晚的收入可供个多月的生活费，倒也不错。除此之外，我对摄影已失却了兴趣。

在加州大学选课，一些文艺的科目是必修的。我选修了几科艺术历史，成绩好得出奇！这是因为我有一种连艺术教授也可能没有的本领：任何稍有名望的画家的画，我可以一看画中的光法就知道是谁的作品。即使像毕加索那样把光形象化了，其光"法"我也可以一望而知。是的，西洋画家对光的运用就像人的签名一样，各各不同。单看画中的光，别的什么也不用看，就可分辨是谁的手笔，即使一个画家在不同时期有不同的风格，其用光的特征还是有迹可寻的。

一九六五年，我因为数次修改论文题目都不称意，就决定花几个月时间散散心，重操故技，每天下午拿着相机到加大附近的一个游人甚少的园林去

2．光的故事

静坐，希望摄得些什么。当时心灵上很寂寞，脑海中没有什么值得想，也没有什么可以不想。一时间我返"长"还童，不经意中重获童年时疟疾发作后在广西荒郊静坐的感受。我仿佛再看到二十多年前所见到的花、草、叶、石与水的光幻，及其变化。那是很亲切的光，书中没有提及，画中、相片中没有见过，它对我就像他乡遇故知，情深地对我说着些什么。

没有沙龙比赛的约束，也不受职业上顾客的要求，我就毫不犹豫地用相机把儿时对光的感受，一幅一幅地拍摄下来。毫无约束的表达，胸怀舒畅，摄影又怎会不得心应手？不到两个月工夫，我拍摄到使自己很有满足感的作品达三十余帧。当时是个难以置信的数量了。后来老师阿尔钦在芝加哥问起，为什么一九六四年我有两个月不知所终，向他解释之后，我忍不住补充说："如怨如诉的作品有时来得那么容易，使我体会到莫扎特的感受是怎样的！"

一九六七年三月，我在加州的长滩艺术博物馆举行个展。到了第三个星期，来自远方的观众蜂拥而至。所有刊物上的评论，都谈到我的光，而《洛杉矶时报》艺术版上的大标题，只写下一个"光"

字。很多对摄影有兴趣的人跑来问我那些光是怎样处理的！我实在无从解释。如梦如幻的光没有法则，只是个人的一种感受而已。没有谁会问莫扎特的音乐是用什么方法写成的。

长滩摄影展之后，我收到周游美国各大城市作个展的一份邀请。但因为那时博士论文有了苗头，分身乏术，就婉谢了。一九六七年，我答应加州一个正在新建的艺术馆，为他们的开幕举行个展。该年九月到美国的东北部，从早到晚拍摄了两个星期，但近百卷还未冲洗的底片，在纽约唐人街进膳时给人连汽车内所有的衣物一起偷走了。个展开不成，摄影之举也就中断了一段很长的时期。几年前，为了散散心，于周末到朋友的摄影室去，重操故技。技巧是以前的，但所用的灯光却是新的科技了。在香港，闹市中连一根草也不容易看到，除了室内人像是难有其他选择的吧。

3. 佛山文昌沙的华英经验
一九九〇年十一月九日

我曾经在香港的皇仁书院肄业。今天大名鼎鼎的简福贻当时是我不同班的同学。最近在刊物上见到简老兄说，在九七之后，皇仁书院的大名应改为"香港第一中学"。这把我吓了一跳！

一九四五至四八年间，我是佛山文昌沙的华英中学附小的学生。今天香港的香植球，与数以十计的香港成功人士，也曾经是当年华英的学生。一九五一年，华英中学把校名改为佛山第一中学，简称"一中"，简老兄似乎向华英拜师，建议把母校皇仁改名"一中"了！若真的成为事实，这是香港的不幸，是我的不幸，是简老兄的不幸，也是皇仁的不幸。

为何如此说呢？因为皇仁多年来所培养出来的数以千计的成功人士，会因为皇仁改了校名而失却了对母校的归属感！佛山华英的经验确是如此。改名"一中"后，居港的华英校友会的昔日同学感到"败兴"之至，对"一中"（母校）所邀求的捐助置若罔闻。是的，八年前我到文昌沙的华英一行，校长对我四十余年前在该校的顽皮有所闻，也对我后来的"小成"知一二，于是对我说："当年华英人才辈出，但他们今天都没有什么归属感，怎么办？"我答道，"把今天'一中'之名改回'华英'吧！"他当时拍案叫绝，但想不到，纵然他要改（华英的师生也要改），由于政治因素却改不了。

一九四五年，战后，我九岁，考进了文昌沙的华英附小，读的是六年级。所谓"考进"，其实是投考初一不及格就降了一级，不用考了。当时，九岁读小六算是特别年轻，可不因为我有什么超级本领。抗战期间，母亲带着我们一群孩子在广西东奔西跑。我既然是读书年龄，便要进学校，不过，只三数月又要转校了。那时兵荒马乱，进校时不用考试，哪一级有空位就读哪一级。所以，我上一个学期小四，下一个学期初一，跟着的却是小六……申请读华英时，他们问："你以前最高读到哪一级？"答曰："初一。"于是就考初一了。不逮，下降至小六。

在佛山文昌沙的华英念了三年书，我破了该校的三项纪录。其一，我是他们唯一的从小六升初一，然后竟然从初一再下降到小六的人！其二，我的顽皮使老师心惊胆战。犯小过三分，大过五分，每星期六的下午，过了分的要"罚企"，在旗杆下立正的时间长短是以"过"分的多少而定。我是华英"罚企"时间最长的冠军，破了纪录。其三，我是华英历来唯一被赶出校门的人！

是的，战乱的生涯要付一点代价。左转右转、左插班右插班地读书，会使学子不知进退，无所适从。但习以为常，留级、降级的怪事就变得司空见惯了。后来回港就读，留级显得顺理成章，不留级是例外。本来比同级的同学年轻几岁，但到我有机会进大学时，已近二十四岁了。年纪比大学的同学长五岁，很尴尬。知耻近乎勇，于是急起直追。这是后话。

时光只解催人老。我在华英念小六时，香植球与新华社的叶少仪是高三。那时，香氏不可能富有，因为富家子弟是不会跑到文昌沙念书的。叶少仪呢？虽然她高我六年级，但对我的顽皮耳熟能详。一九八四年，我在香港第一次遇到叶大姐，她说："张五常的名字我早在华英听过了，因为你当年以顽皮知名！"

留留升升、升升降降的求学生涯，所学当然无几。然而我这留级生有两点"过人"之处。其一，虽然读书不知所谓，但强记、背诵之能是高的。级转得多，要背诵的文章就多起来。今天，我写文章套用古人之句时，当年背诵之功给我不少方便。

其二，虽然我当时的考试成绩不好，但是有老师的宠爱。在华英时对我关怀备至的老师，有一位姓吕的。无论我的考试成绩怎样差，他总把我看作天之骄子。例如作文，我十题只交出一二，但交出去后，吕老师必定把我的文章贴在墙上。

对今天后学的人来说，我的华英经验应该有点启发性。读书成绩不好，要留级，或要被赶出校门，虽然不幸，但却无伤大雅，犯不着耿耿于怀。重要的是求学的人对自己有信心，知道自己同样是可造之材。华英的吕老师对我的后来有莫大的影响。他似乎是说，你的成绩虽然不好，但我认为你是可造之材，你不应该因为成绩不好就对自己失却信心。华英当年竟然有那样的老师，是我之幸。

4. 我的父亲
一九九一年一月二十五日

（一）

父亲积劳成疾，在三十七年前去世了。那时我十八岁。他享年仅六十二。患了肺病多年，到最后，五脏都有问题。医生说，父亲既不吸烟，也不饮酒，而又没什么奇难杂症，只因为工作过度，营养不好，于是孤灯挑尽，回天乏术也。

父亲有十一个儿女，我排行第九。他长于旧中国的家长制度中，年青时头上还留过辫子。他比母亲大九岁，我出生时他四十多岁了。在有众多孩子的中国家庭里，排行低的没有什么人管教。我在十六岁之前，没有正正式式地跟父亲谈过几句话。母亲一向勤于自己的工作，而孩子又那么多，对我也就无暇管束了。家中各人见父母不管我，除了骂我顽皮之外也没有什么管束的行动。可以说，从童年到青年，大部分时间我是个"自由"人，但也因此养成很强的自主性。

话虽如此，从青年时起，我就觉得父亲是我所知的最伟大的人。他十二岁那年从惠州跑到香港来工作，在一个富人之家当役童。父亲名张文来，是一个客家式的名字。"文来"二字不知是谁起的，很古雅，是我听过的客家之"文"字辈中最有文采的了。

富人有点良心，让当役童的张文来跟他本人的儿子一起到湾仔书院就读。可惜读了三年，就要停学了。原来我的父亲貌既不惊人，才也不出众，沉默寡言，手脚笨拙，反应迟钝。朋友们给他起了一个外号，叫做"大懵来"！在湾仔书院读到第三年，富人的儿子考试不及格，不能升级，富人就大发脾气，招"大懵来"到面前，问："你及不及格？""及格。""那么你考第几？""第一。"富人一巴掌打在"大懵来"的脸上，说："胡说八道，为什么要骗我？"富家子在旁代为解释："他真是考第一呀！"富人说："他生成这样子，考第一也没有用，下学年不要再到学校去！"这样，我的父亲就没有再进学校了。

很多年后，父亲告诉我，富人因他读书考第一而给他一巴掌；不过这一巴掌倒打醒了他，使他发

4. 我的父亲

愤图强。虽然在本世纪初的香港，出头的机会有的是，但要图强也不是那么容易。父亲离开富人的家后，转做挑石块与用锤子碎石头的工作。后来他的右肩比左肩低，是由于挑石的损害所致。其后他在西湾河的街旁摆卖香烟，再其后转到天祥洋行当电镀学徒。

父亲好学，其勤奋与耐力是我平生所仅见。自觉是"大懵"，他就将勤补拙。他的英语大部分是自修得来的。若夸口一点说，我的英语文字在美国略有微名，但几年前重读先父在四十年代所写的商业英文书信，自问不及！是的，父亲的英语说得不好，英文下笔时很慢，但写成后的文字是博士级。行文诚恳、清楚、畅通，文采斐然。他的中文也如是，且字体魄力雄强，可与书法家相提而并论。

在天祥洋行当学徒时，父亲不只学电镀，也利用工余时间自行研究电镀。有了心得后，他半翻译、半自著地写了一本电镀入门的中文书，成为香港工业发展初期的电镀经典之作。父亲去世后，香港的电镀行业尊敬他，把他的生日作为师傅诞，直至今日还是如此。天下师傅多的是，但父亲被同行纪念，可不是因为他的电镀技巧超人一等，而是因为他对同行的忠厚有口皆碑，他们于是就对之尊师重道起来了。三十年代初期，父亲离开了天祥，创办"文来行"，卖电镀原料，也向买者免费指导电镀的方法。

五十年代初期，我很多时在文来行见父亲向电镀行业的工作者解释技术上的问题。有一天，我们几个孩子在店中活动，一个不相熟的人走进来，高声嚷道："张文来在哪里？"他跟着跑到父亲面前，神气十足地将一个手电筒搁在父亲面前的桌上，说："你觉得怎么样？"父亲把电筒拿起来看了良久，点点头，那位不速之客把电筒拿回后，仰天大笑而去。

我们几个孩子破口大骂，说这个人没礼貌，不识规矩。父亲轻声说："你们少说几句吧。这个人的电筒，在镀了铬的面上局部'上'了黑色，没有半点瑕疵。这种上色的技术我研究了多年也办不好。香港没有谁能胜他。他感到骄傲，溢于言表，是应该的。"

我认为今天香港在国际上有这样的经济地位，是因为这个城市曾经有不少像我父亲和那位不速之客那样的人。

4. 我的父亲

（二）

　　我在上文提及，我长于中国传统的家庭，而且在家里众多孩子之中是排行第九的；因为父亲儿女多，便一向对我少注意。但在他去世前的一年，他却对我关怀备至，突然对我重视起来了。

　　在中、小学时，我念书的成绩不好，家里的人都知道；父亲认为我没有希望，理所当然。我在皇仁念书时，逃学多，上课少。我逃学，是为了要跟容国团研究乒乓球，跟徐道光下象棋，跟舒巷城谈诗论词，也跟欧阳拔英学书法。某日，一位亲戚到家里找父亲，当时只有我一人在家，于是我写下一纸，说某人曾经到访。父亲看了该字条后，遍问家中各人：纸上的字是不是阿常写的。过了几天，另一位朋友到访，问及文来行的台湾分行地址，父亲说："叫阿常来写地址。"家人都觉得奇怪。那时是晚上，我已入睡，而地址谁不会写？但父亲坚持要我写，那么姊姊就把我推醒，写地址去也。

　　我抹抹惺忪的睡眼，把他们说着的地址写下来。父亲说："拿给我看看写得对不对。"姊姊说："我看过，是对的。"父亲说："你懂什么？给我看看。"他看了好一阵，问我："你的书法从哪里学来的？""跟欧阳先生学。""学哪家字体？""先学曹全，再学张迁，现在学的是娄寿。""学碑？为什么不学帖？""欧阳先生说字的基础是汉碑。"父亲点点头，不再说什么了。后来欧阳先生告诉我，父亲曾多次找他，问了很多关于我的事情。

过了几个月，父亲身体欠佳，病重，进了一个时期医院后回家休息，再不回店工作了。那时我没有学校收容，闲来在家，父子对谈的机会大大地增加了。老父幼子论世事，说前途，使我对父亲有难以形容的亲近感。

一天，母亲说："你爸爸在家里闷得发慌，他自称是象棋高手，你可不可以跟他下棋，替他解闷？"我于是拿了象棋，跑进父亲的房间，摆开棋盘，对父亲说："阿妈要我跟你下棋。"他喜形于色，说："你也懂得下象棋？"我坚持让他先行，然后以列手炮连胜他三局。他问："你的象棋从哪里学来的？""跟徐道光较量过，几天前他胜了李志海。"

父亲听着，说："你读书不成，但我也读不到几年书。你不喜欢读书，不读也罢。多年以来我不管你，没有留心你的发展，见你在校成绩不好，就认为你没有希望。现在我对你的看法改变了。我认为你是可造之材，前途比我认识的所有青年还要

4. 我的父亲

好。你不读书,到文来行学做生意,也是好的。但你可不要忘记,我对有学问的人五体投地!"

这几句话改变了我的一生。父亲死后,我到文来行工作了两年,其后有机会到北美求学;灯前夜读,要休息时,想着父亲的话,疲倦之身又往往振作起来,走到书桌前,聚精会神地把书再打开。一九六二年的春夏之交,我跑到洛杉矶加州大学的外国留学生管理处,索取移民局所需的学生纸。该处的女秘书说:"处长要见你。"我以为大难将至,殊不知处长说:"我要跟你握手,因为三千多外籍学生中你的成绩最好。事实上,我没有见过这样成绩的学生。"一时间我想起昔日父亲的话,禁不住流起泪来。

像父亲从前一样,一九四八年起我也是到湾仔书院念书的。有一回,我在家中偷面包给一位同学吃。母亲发现了,大兴问罪之师。父亲要见我,把我吓得魂飞魄散。父亲说:"你为什么要偷面包给同学吃?"我回答说:"他的成绩很好,但没有钱吃午餐。"父亲说:"这样的学生是应该帮助的。你替我每月给他三十元吧。"

抗日战争期间,听说日军快要到香港岛来,母亲买了大量的花生麸、油、盐之类的维生食品。香港沦陷后，在西湾河澳背龙村所在的山上，父亲把这些粮食与邻居分享。一九五四年，他死后的清晨，我家门前挂上白布，邻居都知道发生了什么事。过了一天，白布满山皆是，到了晚上，我听见邻家的哭声。在殡仪馆的晚上，我见到一位白发苍苍的工业界知名人士，跪在父亲的棺前哭泣。

父亲是信基督教的。他是现今还在的圣光堂的执事。教我书法的欧阳先生，曾经是广西的一位县长，年纪老了，来到香港，不名一文，衣食无着。父亲照顾了他。父亲与世长辞时，欧阳先生以他最擅长的石门铭字体写了一副挽联："五年海角我栖迟，推食解衣，至荷高谊；一旦天堂主宠召，抚棺凭吊，难尽哀思。"

5. 太宁街的往事
一九九二年四月十日

太宁街是西湾河的一条横街，今天，知道的人很少吧。四十年前我见的那小街，两排都是红砖屋，楼高一律三层，共有二十八个门牌；后来太古船坞要重建"太古楼"，就只剩下三几个门牌了。

我想写太宁街的往事已有好些日子了。本来"往事"应在《凭阑集》下笔，但因为母亲的病，该《集》草草收笔，关于太宁街的追忆一搁至今。

一九四八年，广州"解放"将至，我从佛山转到香港的湾仔书院就读，读的是第八班。读了一年，遇到一位姓王的同学，大家成了好朋友。他名柏泉，很聪明，琴、棋、书、画，无所不好，且无所不精。我当时对风雅的事没有兴趣，但在多项的玩意上却超人几级。柏泉的乒乓球与掷毫技巧也不弱。至于街头巷尾的不值钱的孩子玩意，可以跟我难分高下的，在我少年时的朋友中只有一个。那是容国团——我与柏泉相熟几年后才与阿团成为知交的。

容国团后来被人称为"多面手"，是指他的乒乓球技千变万化，多彩多姿。于今想来，昔日的王柏泉也是个如假包换的"多面手"。今天，专业人士比比皆是，但"多面手"却不多见。四十年前的太宁街有一个难得的特色：多方面的奇才、怪杰云集于斯。可以说，任何人在太宁街的街尾停留过三几年，耳濡目染，再蠢也会变得聪明起来，对什么古灵精怪的事也懂得一点。一九四九至一九五七这七八年间，每天我总有三几个小时在太宁街流连忘返，因而荒废了学业。

我当年的家在太宁街对面的山头——今天不复存在的澳背龙村。因为认识柏泉，就成了他家的常客。他的家位于海旁、街尾，是红砖屋的"单边"地下，门牌二十七号（已拆掉二十余年矣）。附有后院的几百英尺居所，住着王、彭二姓人家（彼此为世交）；大门常开，街坊朋友自由出入，于是成了宾至如归的热闹之地。夏天时，到了傍晚，众多的人一起在海旁纳凉，有钓鱼的，有下象棋的，有唱粤曲的，有听"讲古"的，还有高谈阔论的。我到那里一坐往往就是七八个小时，直至深夜，母亲会派人"抓"我回家，有时骂一顿是免不了的。

柏泉有三个哥哥，都是才子。大哥名深泉，在中环的写字楼任职，业余从事写作，也爱唱粤曲。一谈到文字，大家以他为"评判"，除了不知天高地厚的我以外，很少有人与他辩论文章之道。深泉当时以秦西宁这个笔名发表小说等等。"秦"带有古风，大概也与昔日秦淮有关，"西"是西湾河，而"宁"当然是指太宁街了。今天没听过秦西宁这名字的读者，若对文艺有兴趣的话，可能知道他后来多个笔名的其中一个。那就是舒巷城。我认识深泉时，他正在写后来成为小说珍品的《鲤鱼门的雾》。

柏泉的二哥名照泉，笔名王君如，是粤乐界的知名撰曲者。他善感而有文采，例如他早年《吟尽楚江秋》的"借酒消愁，添愁，一江秋……"，《歌衫舞扇》的"火山中，有孤凤。春归秋去夏至冬，货腰卖唱泣声中，泪与胭脂一样红"，与后来《饮泪弹歌送汉卿》的"长亭古道柳笼烟，落日芦沟画角喧。离绪千般无写处，一腔别恨寄冰弦……"等等都是动人的曲词。三哥丽泉，书法清秀，一如其人，下象棋与弹三弦都潇洒利落。

以上所述，只不过是太宁街的王家四杰耳。

说到在乐器上的才华，太宁街谁也不及样样皆能的黎浪然。黎老兄以"玩"粤乐谋生，众人都称他为黎师傅。当年在"东方之珠"谋生可不容易。黎师傅是个很幽默的人，说笑话的本领有时比他的粤乐本领还要高。某年新春时节，大寒天气，黎老兄只穿单"恤"一件——外衣已在当铺里。我们明知故问："黎师傅为什么不怕冷啊？"他在尴尬中仰天大笑说："你们不知道吗？我在扮'泰山'！"

说下象棋吗？丽泉、柏泉和我都不算什么。常来太宁街二十七号的高手是十多岁的徐道光——是的，那位曾经代表香港出赛的神童徐道光。乒乓球吗？"东区小霸王"是由于认识我而跑到太宁街去的。一九五九年，这位"小霸王"拿了世界单打冠军——多面手容国团是也。

打功夫厉害的有陈成彪，说故事动听的有彭芬，"吹牛"吹得过瘾的有绰号"咕喱王"与"大蛇恩"的王兆恩，不知死活为何物的有"大炮华"，足球高手有龚添贵、何佳，以及后来一度成为中国国脚的黄文华。其他的性格"巨星"如陈文、刘基、黄德宽、刘仔、杨仔、徐炳垣、甄锦旋，还有"通天晓"大珠、"科学家"王洪庆等等，真是不胜枚举了。

5. 太宁街的往事

战后的香港情况复杂，觅食艰难，但人物与生活却多彩多姿。太宁街二十七号的常客，有的是奇才异士，他们在穷困之中也往往看得开而有乐观精神，像范仲淹所说的"不以物喜，不以己悲"。其中有人米饭无着，有人要扮"泰山"，但自己还是看得起自己，不屑于做鸡鸣狗盗之事。这样，大家往往相聚一起，一畅平生。今天，说来不免有所感触，这些朋友死的死矣，老的老矣！

一九五七年七月三十一日，我要远渡重洋，与太宁街的朋友分手。那时，到美洲去是近乎生离死别的事。当夜，我拿了纪念册给"太宁"的朋友们题字。深泉（舒巷城）写道："此夜分离，灯前言送；他日来归，谈笑与共！"这是太宁街的文采了。

当威尔逊总统号（轮船）快要驶出鲤鱼门海峡时，我拿着一个很长的手电筒向太宁街的方向闪射，依稀中我看到他们站在海旁以手电筒闪呀闪地回应。

6. 钓鱼乐
一九九二年七月十日

实不相瞒,我曾经是钓鱼高手。先父在生时没有其他嗜好,只是喜欢钓鱼。有好些年,夏季每天黄昏,他雇用小艇,在西湾河附近的海上垂钓。父亲不懂得游泳,母亲为防意外,我们做儿女的要轮流陪着父亲上艇钓鱼去也。如此一来,颇像"功夫出少林",我们一家大小都懂得钓鱼之道。

钓鱼很有引人入胜之处。从海中钓得的鲜鱼,再差的品种也美味可口。当然要讲一点技巧,但吸引之处是:钓者事先不知道海中究竟有没有鱼,下钓时脑中充满幻想、期望,与生命的意义不谋而合。海明威的《老人与海》有深刻的哲理,此书获诺贝尔文学奖是众望所归。

港岛一带的海湾,今天污染频频,废物满滩,但从前却非如此,是钓鱼胜地。老一辈的有钓鱼经验的人说,远在抗日战争之前,香港的鲜鱼钓之不尽。我是五十年代初期才开始垂钓的。那时先后在湾仔书院、皇仁书院就读，逃学去钓鱼，同学不肯做伴，就单人匹马，跑到柴湾独钓。那时的柴湾，半山上是坟场，四顾无人，没有房子。我独自坐在山下湾旁的一块巨石上，把鱼丝远远地抛到海中去。一次又一次地抛，差不多每次都没有鱼上钓，但每次有新希望。我今天想，自己"百折不挠"的个性，可能是从柴湾的海旁训练出来的。

五十年代初期，香港可钓的鱼还多。说昔日的香港是世界最佳的钓鱼胜地，绝不夸张。这有两个原因。其一，香港的鲜鱼美味可口。其二，香港的鱼品种繁多，色彩夺目。跟其他钓鱼高手一样，我在钓技"巅峰期"时，只要有鱼一碰钓饵，就知道是哪一种鱼了。

钓鱼是有"地头"的——这与鱼的习性有关。海虽大，但鱼"聚脚"的地方就只有一些零星散佈的"鱼窦"，而不同的鱼聚处不同，钓者要有不同的钓法才有收获。因此，大海虽是公有，屡有"斩获"的垂钓只是一小撮人的"专利权"，外行者可羡慕而不可问津也。

五十年代中期，筲箕湾、西湾河一带有四个钓鱼高手，一时传为佳话。持有亚公岩的钓鱼"专利

6. 钓鱼乐

权"的是一个别号"冇辫"的人。在铜利栈（今南安坊）附近，黑鬼泉独领风骚。在西湾河的海旁，刘唐予取予求，所向无敌也。

我呢，是当年太古船坞"二号牌"海旁的"专利"持有者。那里离岸约百英尺之处，有几百平方英尺的面积是黑鱲群集之地。而黑鱲吃饵时是把饵含吞，钓者只觉鱼丝稍为加重，没有其他感觉。感到鱼丝加重，立刻放丝六英寸，过了几秒钟，慢慢地将丝上提，若觉重量增加，再向上把丝一提，斤多重的黑鱲如囊中物也。

因为海是公用的，钓者的秘诀不能公开。我获得太古二号牌的黑鱲之秘后，每逢初一十五左右，月黑风小之时，花两块钱雇小艇（每小时一元），到自己的二号牌鱼"塘"收取黑鱲去也。钓友见我那样神乎其技，惊为"天人"！

令我最难忘的一次"钓役"，是一九五六年的一个下午。我借了一只仅可容一人的小艇，左手摇橹，右手下钓。我当天用的是细如头发的三磅丝，在西湾河的岸边水深五英尺之处钓泥鯭，殊不知一尾巨大的黄鱲鲳突然上钓，像潜水艇那样"航行"。经验告诉我，<u>鱼丝毫无颤抖地移动，巨鱼也</u>。但我的鱼丝只可承受三磅，令我既喜且惊。

我右手立刻把鱼丝尽放，左手发狂地摇橹，追鱼去也。经过两个多小时，十三斤重的黄鱲鲳终于被我弄到水面来，我一手抓着鱼尾，提到艇上，一时间不相信那是真实的事。第二天，我的左手动也不能动了。

后来远渡重洋，乘轮千里凌波去了。一九八二年返港任职后不久，某天下午，到鲤鱼门一行，见到一家卖鱼丝、鱼饵的小店子，内里有几个十多岁的少年顾客，三十年往事，注到心头，我不期然站着，看个究竟。

坐在小凳上卖鱼饵的是一个满头白发的老人，他望着前头，自言自语地对那几个少年顾客说："你们见人家钓鱼，就不自量力去钓……有没有听过，当年筲箕湾那一带，有四大'鱼王'。一个是有辫，一个是黑鬼泉，一个是刘唐……"我见那老人不再说下去，忍不住问："阿伯，那第四个是谁呀？"他不经意地应道："那是高佬常。"然后他的目光转到我的脸上，停了一阵，大声叫道："啊，你就是高佬常！"

7. 子欲养而亲不在
一九九二年九月二十八日

这篇文章发表时，母亲大概已去世了。

执笔写此的前一天，不省人事近二十日的母亲，血压的上压下降至六十多度，群医束手；她老人家看来不容易多活一两天。

昨日到医院看母亲五次，在床前替她朗诵《圣经》，也在她的耳边高声说了好些爱她的话。我每次这样说时，她的血压上升五六度。昏迷不醒多天的母亲，似乎还能听到什么。

晚上我睡得不好，因为每分钟都担心医院会打电话来。清早起来后给医院挂个电话，知道母亲还在，但绝不是"健"在了。既然医生说她复苏的机会是零，我实在不应对母亲的病继续"关切"的。然而，正如罗曼·罗兰所说："绝望之为愚妄，正与希望相同。"愚妄地，我总是希望有奇迹出现，希望母亲能清醒两三分钟，对我粲然一笑，让我能对她诉说那一大堆我似乎还没有说得清楚的话，使她欣然而去。

时间就是那样无情。数十年来，我要对母亲表达自己对她的爱，机会有的是，但放过了；我总是觉得没有尽一己本分去做，或做得不够，远为不够的。今天，我要做的，要表达的正多，但太迟了。我老是想，只要多添两分钟的时间，我就可以一洗前非。然而，这只是妄想而已！

自一九八九年六月四日母亲在西湾河的街旁跌倒，进院留医已有三年多了。在这期间，我对她说我爱她，何止千遍。说一声爱，何其容易也。母亲从来没有说过爱我，但在行动上她对我无微不至。

我深感遗憾的是，母亲健在时，我没有好好地以行动表现我对她的爱。这一点，母亲是不同意的。在医院中，她重复又重复地对医生和护士们细说我从幼年起怎样孝敬她。说的大都是些陈年"典故"，我自己也记不起来了。连自己也记不起的事，有等于无，是不足以自我安慰的。

母亲今年九十一岁，算是长寿了。然而，近数年来，我不是期望她能享永寿之年，而是希望她能愉快地度过最后的日子。在医院卧病三年多了，最后的十多个月里不能说话，不能进食，自己不能呼

7. 子欲养而亲不在

吸，但大部分时间她脑中还是很清醒的。这样的生活，长寿一年或短寿一年似乎不大重要，重要的是在清醒时感到开心。我为母亲最后的一点愉快尽其最大的努力，但总是觉得有所不逮。这可不是说母亲是一个难于满足的人。正相反，近三年来，她很容易就笑逐颜开，只要说一两句她喜欢听的话，她就落力地点头，笑得甜甜的。我于是安排太太与儿女，多抽点时间到医院去探望，而我妹妹是医院的护士长，当然更加卖力了。他们都说，母亲卧病时一反常态，成了一个容易开心的人。话虽如此，我还是觉得自己做得不够，远为不够的。在内心深处，我实在有点难以形容的内疚。

毫无疑问，母亲是唯一可以想也不想就为我作出任何牺牲的人。虽然我自己的儿女也曾对我这样说过，但我总是有点疑问。只有母亲——我是毫无疑问的。对一个肯为我作出任何牺牲的人，我根本不可能作出足够的回报，不能不无愧于心。

树欲静而风不息，子欲养而亲不在，奈何！

8. 儿童的玩意
一九九六年二月二日

不要以为我对先进科技有抗拒感,虽然我对电脑是门外汉。电脑开始盛行之际,我在美国已有研究助手了,按钮等工作是由他们担任的。我的工作是思考、设计,以及阐释印在电脑纸上的数字。

今天的世界是按钮时代。我就是不懂如何"按"!去年夏天,为西雅图的家买了一部先进的电视机,朋友把它连接上五六部什么机的。电视机的遥控传感器上有五十一个钮,据说单凭此"控",要看什么、听什么,都只是举"指"之劳。但我就是不懂得怎样"按",所以连最简单的电视节目也不懂得开。于是,凡要看什么、听什么,我要传召正在读书的儿子。他一到来,"指"挥若定,万事解决——在我看来神乎其技也。

久而久之,儿子有点不好意思地说:"爸,你想不想学怎样'按'?我可以教你。"我答道:"按钮是你们年青一辈的事，我不学也罢。"

我曾经是照相机"专家"，对某一个镜头的镜片组合、色调矫正的原理，以及不同相机的性能等等，研究之深大可著书立说。那是很久以前的事了。今天的照相机，其"掣"之多简直离谱，我老是不懂得用。好几次，我在外地要打长途电话给身在香港的冯汉复，问他某照相机的某"掣"的用途。

当然，买了一部新的先进照相机，我总会好奇地依照说明书学一下"按钮"之法，但过不了数天就忘记了——忘记得一干二净了。

我当然明白，今天的青年懂得怎样按钮，是不用强记的。按钮有概念，有原则，有定律——有其大道也。我总提不起劲学这些基本法门。我认为即使学了也会很快忘记，因为我对思考之外的玩意不再用心。

先进的科技当然有其好处，但也有弱点。发明、创造科技的人，设计"软件"的人，当然要用脑，要有想象力才行；但享用这科技的人只要学得"按钮"就能坐享其成，不用创作，想象力是派不上用场的。

8. 儿童的玩意

儿子在美国所玩的电子游戏，是好例子。这种游戏把钮按呀按的，按个不停，拿高分要按得很熟练，要记得每个步骤的每头怪兽是会怎样活动的。其创意、思考何在哉？

记得少年时，我和小友们玩的完全无钮可按。放风筝，弹玻璃珠子，射雀鸟……这些玩意，要比小朋友艺高一级，练习之外，要用脑去想，去创造。例如"锖风筝"，能把他人的线锖断（割断），要靠自己制造的玻璃线特别锋利，或自己制造的风筝特别灵活。这些改进是自己想出来的。其他放风筝的法门——怎样控制、转动，依着风势的取舍——都要动脑筋去想、想、想。

弹波子，我想出来的法门也可大书特书，而自己所用的"子头"——即自己手上用的那一颗——是自己精心改良的。

射雀鸟我更用心研究了，以致在西湾河一带技惊邻里。对树丫的选择，制造的方法，橡筋的软性、长度等等，我都曾经想得睡也睡不着。

今天香港儿童的玩意，要不是把电子游戏机的钮按呀按的，就是玩什么"闪卡"之类，有什么思考、创意可言呢？

但话说回来，我那在"按钮"时代长大的儿子，倒也不是没有创意的。这使我有段时期不明其理：电子游戏机怎会培养出有思考能力的人呢？想了许久，终于悟其理。

原来儿子在两岁时，无事可做之际就要麻烦我。当时自己忙于学术工作，不胜其烦，就给他一个空鞋盒。他傻里傻气地独自玩了几天，玩厌了，又来烦我。我随意地给他一个空纸袋，他又自得其乐地玩了半天。此法一行，他每次吵嚷，我就顺手给他一件没有危险的家常杂物，让他自己去玩去幻想，哪管他想什么的。

两年前，女儿对我说："哥哥有点古怪。明天要大考，他竟然不读书，在钢琴前坐下来，不管音律地弹了三个小时，跟着一声不响，走进自己的房间，关灯睡觉去。"我答道："你哥哥胸有成竹，知道在重要考试之前要尽量让脑子休息。"是的，我认为儿子是在玩鞋盒与纸袋的小玩意中，无师自通地学懂了用脑的基本法门。

今天在"按钮"时代长大的青年，知识比我辈昔日强得多了。这知识所付的代价，是缺乏了一点创意，一点想象力。这交换是否值得，见仁见智，将来写思想史的学者对此会有一些话要说吧？

9. 风雨时代的钞票
一九九九年七月二十三日

话说在扬州我花尽身上带着的钱，向地摊小贩购入了千多张旧钞票。这些钞票最早是一九一〇，最迟是一九五三。四十多年的风风雨雨，不堪回首，可泣而不可歌也。

回家后我花了一整晚审阅这批旧钞，觉得有趣或不明所以的地方不少。兹仅选八项以飨读者：

（一）我找到四张一九三四年发行的壹元钞票，被一个胶印掩盖着"中国农工银行"，而在其下补加"中央银行"，钞票两面的中、英二文皆如此盖上，四张一样。

泱泱大国，主要银行改名也懒得重印，其马虎溢于票上，可谓奇观。

（二）千多张旧钞中只有三张差不多是全新的，皆由"美商北京花旗银行"发行，纸质一流，印刷精美。五元及十元的是一九一〇年，一元那一张是一九一九年。奇哉怪也的是，三张钞票都是在横中切断，切得整齐，然后用两张同值的钞票的上半部以胶水粘成一张。这样，钞票上下如倒影，只是号码上下不同！

因为钞票极新，而上下以胶水相连又造得天衣无缝，显然不是出自今天小贩之手。我想来想去，一个解释是发行者不想持钞者看到原来钞票的下半部，而钞票看来是在美国印制，所以一时间赶不及重印。但为什么一九一○与一九一九的皆如此？

（三）有十多张一九三○年由广东省银行发行的钞票，印上"银毫券"之名，且说明"凭券兑换银毫"。这摆明是以银为本位，以银作保障来增加信心。问题是，一个大的银毫可以变小，而银的分量下降仍可叫作银毫。所以银行若要出术，或与政府串谋欺骗，易如反掌也。

我看这些银毫券的第一个反应：是骗局！真诚的银行发银本位券，怎会不说明纯银的重量？

（四）更大的骗局是那大名鼎鼎的"关金"了。当然由中央银行发行，我手上有的最早是一九三○，最晚是一九四八。

关金是以金为本位，一元说明是一个金单位，

9. 风雨时代的钞票

十元是十个金单位。后来贬值，钞码愈来愈高，五万元就说明是五万个金单位。没有说明的，是一个金单位究竟是多少金。更过瘾的是，在整张中文的钞票中，"金单位"（Gold Unit）却用英语。

这个明显的骗局，在中国竟然大摇大摆地施行了起码十九年。要是今天任老弟志刚出这一招，香港人不把他杀了才怪！炎黄子孙毕竟是学精了。

（语曾、任二兄：为什么香港今天的钞票不印明七点八元兑一美元？虽然要经发钞银行去兑换，但这是事实，而金管局没有意图行骗。说明了可增加信心，但要改兑换率时则要发行另一种钞票，比较复杂了。）

（五）找到二三十年代好几家私营钱庄——如"陆宜和"、"黄山馆德泰昶"之类——发行的钞票，显然是清代遗留下来的"冇王管"的自由货币制，到了民国就与政府争食的。哈耶克在生时极力提倡的自由发钞制度，在中国早已存在。我想，在太平盛世，如清康熙至乾隆的百多年间，这种自由银行（钱庄）制应该有很理想的运作。我又想，今天数以千计的中国年青经济学者，怎可以放过这个绝对是一级的研究题材？

我手头上有的十多张钱庄钞票，有些如合约，有些如凭单，有些则像政府发行的钞票一样。一张钞票其实是一张合约——我在三十年前就说过了。民国时期的钱庄钞票，有以一串铜钱为本位的，称为"一吊"，也有以政府骗人的"大洋"为本位的。政府行骗，一些钱庄也就乐得同流合污，过瘾一下。

（六）找到两张有毛泽东肖像的钞票，都是五百元的。东北银行的是一九四七，长城银行的是一九四八，二者皆印上"中华民国"的年号，此一奇也；钞票上没有说明任何保障，此二奇也。想当年，毛泽东靠打游击得天下，所以当时的钞票也"不拘小节"。但当时市场信不信，通用不通用，则有待考究矣。

（七）中国人民银行发行的钞票，一九四八及一些一九四九的用上"中华民国"的年号，但一些一九四九的已改用公元年号，此后就淘汰了"中华民国"。

奇怪，一九五〇年至一九五三年间，人民银行发行的好些票额很大——五千到五万元——应该不是人民币。但旧钞中有一张一九五二年的支票，说明是人民币四万五千元。那在当时是很大的数目了。

9. 风雨时代的钞票

（八）我对钞票上的"公仔"肖像很有兴趣。用人物肖像的目的，显然是要增加市场对钞票的信心。一家名为"中国联合准备银行"所用的肖像，可能因为当时的政治形势，都是中国古时的圣贤豪杰。这家银行起错了名，意头大为不妙。准备与储备不同。银行要的是储备（reserve），非准备（preparatory）也。银行有什么要"准备"的？准备执笠乎？果然，我所有的多张"中国联合准备银行"的钞票，都是中华民国二十七年（一九三八）。众多圣贤也救它不了！

一张一九二七年中南银行发行的钞票，竟然用慈禧太后的肖像，这银行若非与慈禧的后人有关，其思维有点问题。

你道在那风风雨雨的四十多年中，中国钞票上谁的肖像出现最多？无与伦比的冠军，是孙中山。孙某本领平平，但被称为"国父"。既为国父，就是死后也要付出一点代价。凡是通胀急剧，钞票贬值如石沉大海的人物肖像，都是孙中山。那搞笑的"关金"，其肖像当然也是孙中山。

可以这样说吧：凡是大骗局钞票上有肖像的，皆国父也。天可怜见！

10. 哥哥五伦
二〇〇二年十二月十九日

我有一个比我年长十五个月的哥哥，名五伦，早逝，谢世时三十二岁。一九六七年三月，我收到芝加哥大学经济系主任哈伯格的电报，说我获得他们的"政治经济学奖"。我急忙把该电报寄给身在香港的哥哥，让他高兴一下，为我这个昔日以留级知名而屡遭白眼的弟弟骄傲一番。是的，伦哥从来没有小看他唯一的弟弟，处处维护，坚持弟弟读书不成只因为兴趣太多，懒得读。

伦哥没有回信。他一向是有信必回的，但那时邮递往往为时甚久。原来他已离开人世，家中的人很悲伤，没有谁立刻通知我。知道后我惘然若失，不知要做什么、说什么才对，只好把快要在长滩艺术博物馆举行的个人摄影展览献给伦哥。

那时《佃农理论》只写了一小半，听到哥哥的死讯，要立刻回港陪伴妈妈，不要博士了。到加大找到老师赫舒拉发,说哥哥死了,要中断博士论文。赫师说:"你要拿博士,写好了的小半已足够,但我希望你能写下去,因为你的论文可能很重要。需要坚强的时候你要站起来。"再去见老师阿尔钦,他已从赫师那里得悉我哥哥的不幸,对我说:"不要跟我说你的私事!"但过了一天,在长滩收到阿师寄来一张五百美元的私人支票,简短的附信说:"知道你的哀伤,这五百元可请人替你的论文打字。如果你喜欢以之买糖果吃,也是可以的。"

伦哥自小就有点问题,他看似笨拙,思想慢,手脚也不灵活;奇怪地不顾衣着,穿鞋忘记穿袜子,或左右脚的鞋不同颜色。类似的迟钝或疏忽的行为多得很。另一方面,他是难得一见的艺术天才。九岁时参加《南华早报》定期举办的十二岁以下的绘画比赛,伦哥获冠军易如反掌。钢琴弹得非常好,虽然手指不够灵活,但比较易弹的他有职业水平。在美国念大学时,他写的一首长达十多页的英文诗被教授认为是精品,发表在专业的文艺杂志上。

伦哥是读书能手。一九五五年进入了美国的宾州大学,攻读化学,第一年的成绩是四点零,获当时外来学生差不多不可能拿到的奖学金。不知发生了什么事，他第二年的成绩急速下降，还算是可以的，但从第一年的四点零到第二年的三点一是很大的跌幅。后来我才知道，第三年他开始缺课。

一九五八年初，我在多伦多收到一个奇怪的长途电话（那时长途电话是绝少用的），一个说英语的从宾州打来，说我的哥哥进了医院，患的是精神分裂症。为哥哥的病奔走，遍阅有关的书籍之后，我知道他的病况很严重。专家医生说哥哥的病应该是从小开始的了，经过多年的深化，不容易药石有灵。书本也这样说。

贬低或欣赏我的人都无足轻重，只要不是我敬重的人。常言道：士为知己者死。倒过来，我是为知己者生。师友对我的关怀与鼓励当然重要，但总比不上与自己年龄相若、一起长大的亲哥哥。从我懂事那天起，记忆所及，家中有什么琐碎的小灾难，姊姊们都说："是阿常搞的，一定是阿常。"伦哥从来没有那样说。家中有什么小难题要解决，伦哥总是说："找阿常，你们不懂的，找阿常。"

要是哥哥还在，他天天找我，我天天找他，或起码通个电话，生活多写意！

11. 圣诞前夕有感
二〇〇二年十二月三十一日

执笔的晚上是平安夜，是圣诞前夕了。人老了，儿女不在身旁，对节日再没有多大感受。年轻时，每年的几个较为重要的节日中，我最喜欢圣诞。安详宁静的气氛，朋友之间互相问好，到处听到的圣诞歌永远是那么好听。最令我难忘的是平安夜——平安夜报佳音。

我出生时父母是基督徒，是今天还在扫杆埔的圣光堂的成员，父亲是那里的执事，据说是该教堂的创办人之一。战前懂得走路后，每星期天我跟着哥哥到圣光堂做主日学。后来战乱改变了这规矩。主日学的老师常常替换，都是十多岁的中学生，都是女的，每个都好看。说教，其实只是说《圣经》的故事，永远都谈到《创世记》的伊甸园，亚当与夏娃的故事，有公仔纸派。

美丽的女孩教师们显然不喜欢我，因为我左问右问，而主日学是不能把孩子逐出学园的。我喜欢问耶稣究竟是男还是女，说是男的为什么头发那样长？为什么伊甸园的禁果是苹果，永远是红色的？为什么禁的是吃了聪明的果实，不禁那些吃了会变蠢的？是三四岁孩子的提问，是好奇而不是疑问，女孩教师通常不回应，只告诉小朋友们不要学张五常。但当年我还是喜欢主日学，喜欢拿得公仔纸，而更喜欢是拿得糖果了。

战乱数年后回港，主日学不再，但我更喜欢的是平安夜报佳音。那是我平生最喜欢的节日项目，今天的朋友可能不知道是怎么一回事。那时我的家在西湾河的今天不复存在的澳背龙村，是在山上的。圣诞凌晨二时左右，圣光堂的诗歌班每年按时到我家的门外唱圣诞歌，母亲和她的众多儿女也唱歌回应，有时声浪不够就以唱片扩音协助。静寂的山头，寒冷的气温，圣诞灯光闪闪，歌声在风中飘呀飘的半个小时，然后家门打开，哥哥姊姊们进来了，母亲准备的热食多而好吃。

是的，每年的圣诞前夕，母亲老是要我和哥哥早睡，因为凌晨二时要起来，但我老是兴奋得睡不着。与哥哥同居一室时，睡了一阵我忍不住问："哥哥，你睡了吗？"通常他回应两三次就不再回

11. 圣诞前夕有感

应了。

平安夜是耶稣诞生的日子，要有《圣经》所说的感受，环境要宁静安详。圣诞节所以迷人，是劳碌的工作者可以有安宁的片刻，或把烦恼暂时寄交到教堂去，或与久不见面的朋友温馨一下。

我不是个虔诚的基督徒，更不想宣扬宗教。但当我今早知道国内的圣诞节不是假日，很有点反感。我不鼓吹宗教，但认为有些人，好比我自己的父母，宗教信仰是重要的。对这些人，宗教起码是一种寄托，是思想的一个安息所。你不信，不应该禁止他人信；你不到教堂崇拜，不应该认为他人那样做是没有意思的。数之不尽的大智大慧的人，数之不尽的博学之士，数之不尽的顶级科学家，久不久都到教堂去崇拜一下，很虔诚的。

适者生存，不适者淘汰。以《圣经》为本的基督教与天主教在文明的国度中盛行了多个世纪，其间事生于世而备适于事，在阐释上修改了不少。这些是可取的宗教了。

12. 逃学的回忆

二〇〇三年一月二十八日

位于港岛东部的柴湾今天大厦林立，人烟稠密。五十多年前那里是个坟场，半栋房子也没有。是穷人用的坟场，野草丛生，乱七八糟的。筲箕湾的客家人吵骂，喜欢叫对方去柴湾，其含意是叫对方去死。

山头坟场之下是一个海湾，碎石多，泳客少光顾。那时富有的泳客到浅水湾去，次富的到深水湾，再次的去石澳。步行到柴湾游泳的大都一贫如洗，所以工作天那里四顾无人。

一九四八年我进入湾仔书院就读，留班一年，升班一年，留留升升的，对读书没有兴趣。喜欢逃学去钓鱼，但恐怕母亲见到，或朋友见到告诉母亲，我选的钓鱼之地多半是柴湾，因为那里没有人。从西湾河的家步行到柴湾大约四十分钟，途经筲箕湾的振兴饼铺，花五角钱买饼充饥，带着一副鱼丝，几个细小的铅头钩，逃学柴湾去也。

有同学愿意逃学相伴，是大喜事，但他们通常不愿意。不强求，我独自去柴湾。该海湾之右的浅水上有一巨石，潮退时我爬到巨石上，等潮涨，下钓至潮退才回家。坐在巨石上用力把鱼丝向海中抛。抛丝出去后慢慢地把丝拖回来，幻想着有鱼上钓。一次又一次地抛，一次又一次地失望，但还是一次又一次地抛出去。没有鱼，但希望永远存在。

久不久是有鱼上钓的，一般是小鱼，但老是幻想有大的。无所获，但幻想依旧，永远幻想。可能是这幻想与希望培养了我后来作学术研究的耐力与想象力。找寻题材与知识仿佛是钓鱼，希望钓得大的，一次又一次地尝试，无所获，但还是幻想着，继续找寻。

在湾仔书院从第八班升到第五班（即今天的中二），我的逃学习惯众所周知。不是天天逃，是一星期逃一两次。读的是下午班。有一次迟到，老师（班主任）郭炜民正要叫学生背诵课文，我跑进课室，气喘喘的，郭老师叫我先背。我一句也背不出来。老师问："为什么你以前懂得背呀？"我回答："以前你叫同学先背。"于是郭老师叫一位同学先背，跟着是我，一字不漏地照同学背过的背出来。老师可不知道，在广西的那沙村的多个晚上，跟一个国文老师学古文，没有纸笔，不识字，练得过耳不忘。

后来大考将至，我缺课，郭老师在班上对同学说："张五常临急抱佛脚，平时不读书，今天是躲在家里读书应付大考了。他可以做到，只有他可以，你们不成，不要学他。"其实那天我不是在家准备考试，而是去了柴湾钓鱼。

离开了湾仔书院，整整三十年后我回港任职，是大教授了。想起昔日对我那么好的郭炜民老师，幸运地找到他，相聚了两次，谈往事，说当年，大家感慨良多。原来我离开湾仔书院不久他也离开，转到师范学院工作。是那样好的一位老师，该学院应该深庆得人。

是二十年前与郭老师叙旧的，不久后他移民加拿大或什么地方，没有再联络了。他当时身体不大好，衷心希望他今天健在。

张五常经典作品系列
跟随大师思想·读懂现代经济

《新卖桔者言》

以日常所见揭示产权及交易费用概念,用简单的经济理论解释复杂的世界。
定 价:65.00元
ISBN:978-7-5086-6976-2

《佃农理论》

张五常现代合约经济学的开山之作,推翻了以往传统理论,奠定了现代合约经济学的基础。
定 价:36.00元
ISBN:978-7-5086-6706-5

《中国的经济制度》

中国经济分析的巅峰之作,中国经济新常态下的实践启示录。
定 价:36.00元
ISBN:978-7-5086-6750-8

《货币战略论》

回顾中国货币25年发展历程，从价格理论看中国经验。
定　价：58.00元
ISBN：978-7-5086-5003-6

《五常学经济》

细数一代大师的求学求知经历，展现一个奇才的思辨成长历程。
定　价：38.00元
ISBN：978-7-5086-6765-2

《<佃农>五十忆平生》

现代合约经济学开山之作的创作经历，一代大师的学术自传。
定　价：42.00元
ISBN：978-7-5086-9783-3

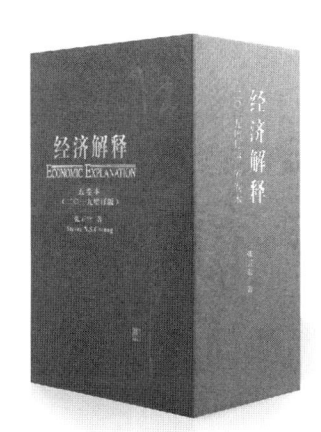

《经济解释 五卷本 二〇一九增订版》

集张五常平生学术功力之大成，具有深远影响的经济学经典著作。
定　价：298.00元（全五卷）
ISBN：978-7-5086-9825-0